Rolf Krenzer, Renate Baars / Zweiundfünfzig Sonntagsgeschichten

Rolf Krenzer
Renate Baars

Zweiundfünfzig Sonntagsgeschichten

REHABILITATIONSVERLAG GMBH - 5300 BONN-BAD GODESBERG

Herausgeber:
Rehabilitationsverlag GmbH, 5300 Bonn-Bad Godesberg

Alle Rechte, einschließlich der auszugsweisen mechanischen Vervielfältigung, vorbehalten.

1979 Printed in Germany
ISBN 3-88239-022-0

Inhaltsverzeichnis

Die Geschichte von den Sonntagsgeschichten 7
Die Geschichte von der fleißigen Frau 8
Peter aus dem Puppenhaus 10
Heiner hält Winterschlaf 12
Vanillepudding 14
Kristina und der Zauberer 16
Tanja spielt Frisör 18
Die Geschichte von der Straßenlaterne 20
Mein Brief 22
Wie der Fuchs den Spatz überlisten wollte 24
Rita ärgert sich 26
Die Geschichte vom Wecker 28
Ralf, der Osterhase 30
Der Pechtag 32
Rolands Lieblingsostereier 34
Der Schornsteinfeger und die Schwalbe 36
Der kleine Buchfink 38
Peter und die schlaue Maus 40
Herrn Hoffmanns Hut 42
Der Briefträger und sein Postsack 44
Die Sache mit dem Hinkelstein 46
Die Kuh im Kastanienbaum 48
Der aufgeblasene Frosch 50
Kleine Maus 52
Ein seltsamer Wettlauf 54
Der Junge mit der Mundharmonika 56
Die kleine Kira und ihre Freundin 58
Im Zoo 60
Der Reporter und die Hexe 62
Heuhüpfer Heini 64
Im Schwimmbad 66
Die Automaus 68
Zwerge und Trolle im Wald 70
Der kleine rote Ball 72
Zwei haben Angst 74
Als die Schildkröte einmal geflogen war 76
Der kleine Zauberer 78
Roller fahren 80
Der Drachenbrief 82
Hund und Katze 84
Erster Abschied 86
Das Postamt spielt verrückt 88
Die Bonbons im Briefkasten 90
Eine Einladung 92
Das arme kleine Gespenst 94
Das Sonntagskind 96
Eine seltsame Telefongeschichte 98
Der Traumfreund 100
Wie der Wolf fischen lernte 102
Ein stiller Wunsch 104
Rosel und die Geburtstagsblumen 106
Die Puppe ohne Haare 108
Das vergessene Weihnachtslicht 110

Die Geschichte von den Sonntagsgeschichten

Es war einmal ein Kind, das wollte immer Geschichten hören. Aber oft hatten seine Eltern keine Zeit, um ihm Geschichten vorzulesen oder zu erzählen.

Aber einmal, als es abends im Bett lag und eine Geschichte gehört hatte, sagte es zu seinen Eltern: „Wenn ihr mir jeden Sonntag eine Geschichte erzählt, dann reicht das für die ganze Woche. Aber wenigstens einmal in der Woche, wenigstens am Sonntag sollt ihr mir eine Geschichte erzählen. Dann kann ich die ganze Woche an die Geschichte vom letzten Sonntag denken und mich auf die Geschichte vom nächsten Sonntag freuen."

Die Eltern blickten sich an und fanden, daß das Kind recht hatte.

Deshalb versprachen sie ihm, jeden Sonntag eine neue Geschichte zu erzählen.

Und was sie versprachen, das hielten sie auch.

Manchmal dachte sich der Vater schon am Montag eine neue Geschichte aus, die er am Sonntag seinem Kind erzählen wollte. Manchmal fiel ihm sogar ein kleines Gedicht ein, das er gleich aufschrieb, damit er es bis Sonntag nicht vergessen hatte. Aber manchmal fiel ihm auch die Geschichte erst am Sonntagnachmittag ein.

Auch die Mutter mußte oft lange nachdenken, bis ihr eine Geschichte einfiel.

Aber wenn die Eltern bemerkten, welche Freude das Kind beim Zuhören hatte, dann nahmen sie sich ganz fest vor, sich für den nächsten Sonntag bestimmt eine neue Geschichte auszudenken.

Es wurden lustige und spannende Geschichten. Doch manchmal waren die Geschichten auch ein bißchen traurig. Aber auch Geschichten, die ein bißchen traurig waren, wollte das Kind hören.

Wenn die Eltern die Geschichte erzählt hatten, saßen sie oft noch lange mit dem Kind zusammen. Dann fragte das Kind, und die Eltern antworteten ihm.

Und wenn das Kind dann eingeschlafen war, schrieb der Vater die Geschichten auf, damit sie nicht vergessen würden. Denn das Kind würde bestimmt wieder nach einzelnen Sachen fragen.

Die Mutter aber zeichnete Bilder zu den Geschichten. Alle Bilder durfte das Kind buntmalen.

Die Eltern sammelten die Geschichten und die Bilder. So wurde daraus ein dickes Buch mit 52 Sonntagsgeschichten für ein ganzes Jahr und vielen, vielen Bildern dazu.

Wer Lust hat, kann sie lesen, vorlesen oder nacherzählen. Vielleicht fallen euch noch viele neue Geschichten ein.

Die Geschichte von der fleißigen Frau

Da war eine Frau. Sie war so fleißig, daß sie den ganzen Tag arbeitete. Sie putzte und wischte Staub. Sie kochte und nähte. Sie grub den Garten um und putzte jeden Tag die Fenster. Die Frau stand schon früh um sechs Uhr auf und arbeitete bis spät in den Abend hinein. Jeden Tag schaffte die Frau. Jeden Tag außer am Sonntag. Sonntags ruhte sie sich aus.
Die Frau hatte keinen Mann und keine Kinder.
Sie sagte: „Dafür habe ich keine Zeit! Ich habe viel zu viel in meinem Haus zu tun!"
An einem Morgen klingelte um sechs Uhr der Wecker.
Da sprang die fleißige Frau aus dem Bett. Sie trank Kaffee und aß ein Brot dazu. Dann holte sie den Putzeimer und begann alle Fußböden zu säubern. Danach holte sie den Staubsauger und saugte die Teppiche und die Sessel. Als sie im Schrank nachsah, entdeckte sie etwas Staub auf einem Glas. Da holte sie alle Gläser heraus und spülte sie. Sie spülte auch die Tassen und Teller, die Schüsseln und Becher. Danach trocknete sie alles wieder sorgfältig ab und stellte es in den Schrank zurück.
Sie lief nun gleich auf den Boden und putzte dort. Danach putzte sie auch noch den Keller und die Kellertreppe.
Dann nahm sie die Gardinen von den Fenstern ab und steckte sie in die Waschmaschine. Als sie auf die Uhr schaute, war der Morgen schon vorbei. Da konnte sie nichts mehr einkaufen. So kochte sie sich zum Mittagessen eine Tasse Kaffee und aß zwei Brote dazu.
Aber dann mußte sie sich beeilen. Sie holte die Gardinen aus der Waschmaschine und hängte sie zum Trocknen auf. Dann lief sie in den Garten und suchte nach Unkraut, das sie ausrupfen konnte. Sie mußte sehr genau suchen, denn es war nicht viel Unkraut da. Sie hatte ja erst gestern Unkraut gerupft.
Dann fiel ihr ein, daß sie vergessen hatte, ihr Bett zu machen. Sie lief ins Schlafzimmer und zog das Bett ab. Sie steckte die Bezüge in die Waschmaschine und bezog ihr Bett neu.
Dann fiel ihr ein, daß sie die Straße noch kehren wollte. Sie holte den Besen und kehrte die Straße. Danach holte sie die Bettbezüge aus der Waschmaschine und hängte sie zum Trocknen auf. Inzwischen waren die Gardinen trocken geworden. Sie nahm sie ab und bügelte sie.
Draußen wurde es schon dunkel. Obwohl sie keine Zeit hatte, mußte die Frau noch etwas essen. Sie kochte sich eine Tasse Tee und aß zwei Brote dazu. Aber sie aß hastig, denn sie wollte noch die Gardinen aufhängen, ein neues Kleid nähen, die Schränke abwaschen, Staub putzen, zwei Pullover waschen und einen Brief schreiben.
Da schaute sie auf den Kalender. Erstaunt stellte sie fest, daß heute Sonntag war. Die fleißige Frau hatte den Sonntag vergessen.

Peter aus dem Puppenhaus

Die Eltern mußten nachmittags noch etwas in der Stadt erledigen. Nadja blieb allein zu Hause und spielte mit ihrem Puppenhaus. Als es schon ganz dunkel war, wurde plötzlich ein kleiner Puppenjunge lebendig. Er wischte sich mit den Händen über die Augen, blinzelte Nadja freundlich an und sagte: „Komm doch einmal zu mir in das Puppenhaus!"
Er reichte Nadja die Hand. Dabei merkte Nadja, daß sie plötzlich immer kleiner wurde. Schnell ließ sie sich von dem Puppenjungen in das Puppenhaus hineinziehen. Als sie neben ihm stand, war sie nicht größer als er.
„Ich heiße Peter!" sagte der Junge höflich und verbeugte sich.
„Ich heiße Nadja!" meinte Nadja. Doch das wußte der Junge bereits.
„Ich muß mich ein bißchen beschweren." sagte Peter. „Schau dir doch einmal an, wie ungemütlich es in dem Puppenhaus ist!"
Zuerst war Nadja böse, denn das Puppenhaus fand sie selbst sehr schön.
„Nadja, für den Anfang reichte es ja auch!" tröstete Peter sie. „Aber es könnte noch viel schöner sein. Dann würde es mir erst richtig gefallen!"
Er führte Nadja in das Wohnzimmer und zeigte an die Wand. „Schau!" sagte er. „An der Wand hängt kein einziges Bild. Und gerade Bilder machen eine Wohnung sehr gemütlich!" Dann zeigte er auf den Fußboden. „Ein weicher Teppich würde auch sehr schön hierhin passen!"
Das sah Nadja ein. „Ich will sehen, was ich tun kann." versprach sie.
Dann hatte Peter aus dem Puppenhaus aber noch einen ganz besonderen Wunsch: „Nachts bin ich immer munter. Dann ist es mir zu dunkel hier im Puppenhaus. Wenn du mir etwas Licht machen könntest, das wäre schön!"
Nadja betrachtete das ganze Puppenhaus zusammen mit Peter. Sie gingen in die Küche und in das Schlafzimmer. Und Nadja stellte selbst fest, daß Peter wirklich recht hatte. Es reichte alles zwar für den Anfang, aber es gab noch viel zu tun.
Endlich verabschiedete sich Nadja von Peter. Als sie aus dem Puppenhaus heraustrat, merkte sie, daß sie wieder größer wurde. Bald war sie so groß wie vorher.
Sie holte sich Papier und Bundstifte herbei und begann, Bilder für das Puppenhaus zu malen. Dann schnitt sie aus weichem rotem Stoff einen wunderschönen Teppich.
Nadja war noch eifrig bei der Arbeit, als die Eltern nach Hause kamen.
Der Vater lächelte geheimnisvoll und sagte: „Ich habe dir auch etwas für dein Puppenhaus mitgebracht!"
Nadja traute ihren Augen kaum. Der Vater holte eine Batterie und winzige Lämpchen und Schalter heraus. Er legte für Nadja Licht in das Puppenhaus.
Nadja drückte ihren Vater so fest sie nur konnte.
„Woher hast du gewußt, daß ich Licht für das Puppenhaus brauche?" fragte sie ihn.
„Das kann man sich doch denken!" lachte der Vater.
Mitten in der Nacht wurde Nadja wach. Da schlich sie auf Zehenspitzen zu dem Puppenhaus hin. Und wirklich, dort brannte Licht!
Peter saß auf dem neuen Teppich im Wohnzimmer und winkte ihr zu.
Er flüsterte: „Jetzt mußt du aber schlafen! Morgen abend kannst du mich wieder besuchen!"

Heiner hält Winterschlaf

Als die Mutter Heiner am Morgen wecken will, grunzt Heiner nur.
Die Mutter rüttelt und schüttelt ihn.
„Aufstehn!" ruft sie. „Du Langschläfer! Alle anderen sind schon wach!"
Aber Heiner brummt nur. Er wälzt sich auf die andere Seite und knurrt: „Ich bin ein Bär und halte Winterschlaf!"
„Wenn du ein Bär bist, kann ich nichts machen!" lacht die Mutter und läßt Heiner in Ruhe.
Es ist schön, ein Bär zu sein. Es ist schön, im Bett zu liegen, wenn die anderen schon längst aufgestanden sind. Es ist schön, so richtig faul zu sein. Aber ein Bär muß seinen Winterschlaf halten, denkt Heiner und versucht, wieder einzuschlafen. Er schließt ganz fest die Augen.
Da hört er die Vögel. Sie zwitschern so laut, daß Heiner nicht einschlafen kann. So springt er aus dem Bett und schließt das Fenster.
Ich bin ein Bär und halte Winterschlaf, denkt Heiner und versucht, wieder einzuschlafen.
Da scheint ihm die Sonne durch das Fenster mitten ins Gesicht.
Jetzt ist Heiner sehr böse. Er springt wieder aus dem Bett und zieht die Vorhänge vor das Fenster. Ich bin ein Bär und halte Winterschlaf, denkt Heiner und versucht, wieder einzuschlafen. Da hört er die Stimmen von Mutti und Vati, von Kristina und Sven.
Sie erzählen und lachen. Sie schwätzen so laut, daß Heiner nicht einschlafen kann.
Heiner springt aus dem Bett und knallt die Tür zu, die Mutter einen Ritz breit offen gelassen hat. Ich bin ein Bär und halte Winterschlaf, denkt Heiner und versucht, wieder einzuschlafen. Da dringt der Duft von frischen Brötchen, von Kaffee und Kakao durch das Schlüsselloch in Heiners Zimmer hinein. Heiner steckt den Kopf ganz tief unter die Bettdecke. Aber der gute Duft bleibt in seiner Nase. Es riecht so gut, daß Heiners Magen zu knurren beginnt.
Noch einmal versucht Heiner, einzuschlafen. Es gelingt ihm nicht.
Als Heiner gewaschen und angezogen am Frühstückstisch erscheint, fragt sein Vater: „Na, du Bär, du hälst doch deinen Winterschlaf?" Heiner schüttelt den Kopf. „In diesem Haus kann man keinen Winterschlaf halten! Aber jetzt habe ich Hunger wie ein Bär!"

Vanillepudding

Man nehme einen Liter Milch,
bringt ihn zum Kochen dann
und rührt mit Eifer und Geduld
sechs Löffel Zucker dran.

Man rühre Puddingpulver an
— Vanille muß es sein —
und gießt das gut verquirlte dann
mit in die Milch hinein.

Man nehme fest den Löffel jetzt
und rühre immer mehr,
damit es keine Klümpchen gibt,
denn Klümpchen stören sehr.

Man spüle eine Puddingform
mit kaltem Wasser aus.
Dann gieße man den Pudding schnell
aus seinem Topf heraus.

Der Pudding wird dann kaltgestellt,
vor Naschkatzen versteckt.
Mit Fingern und mit Löffelchen
wird noch der Topf geleckt.

Kommt dann der Pudding auf den Tisch,
teilt man gerecht ihn auf.
Man nehme etwas Himbeersaft
und gieße ihn darauf.

Dann wird gelöffelt und geschmatzt,
genießerisch geschleckt,
damit ein jeder sieht und hört:
Vanillepudding schmeckt!

Kristina und der Zauberer

Im Zirkus sah Kristina einen richtigen Zauberer. Er trug einen schwarzen Hut auf dem Kopf und hatte einen schwarzen Anzug an. An seinem Hals trug er eine knallrote Fliege. Natürlich hatte er auch einen Zauberstab. Und er konnte zaubern! Er zauberte Blumen in die Vase. Er zog ein Kaninchen aus seinem Hut. Zum Schluß holte er noch drei Papageien aus seiner Jacke.

Kristina war so begeistert. Sie hatte schon viel von Zauberern gehört, daß sie unbedingt auch etwas gezaubert haben wollte.

,,Ich will zu dem Zauberer gehen!" sagte sie immer wieder. Ihre Eltern versuchten, ihr das auszureden. ,,Richtige Zauberer gibt es doch nicht!" sagten sie. ,,Das sind alles nur Tricks!"

Aber wenn sich Kristina etwas in den Kopf gesetzt hatte, dann gab sie keine Ruhe. So gingen tatsächlich nach der Vorstellung die Eltern mit Kristina zum Wohnwagen des Zauberers.

Der Zauberer hatte sich noch nicht umgezogen. Er lächelte freundlich, als Kristina schnurstracks auf ihn zuging und ihm die Hand gab. ,,Bitte, Herr Zauberer!" sagte Kristina. ,,Bitte zaubern Sie auch etwas für mich!"

Der Zauberer schaute die Eltern an. Dann sagte er: ,,Ich kann nur einmal am Tag zaubern. Und das habe ich im Zirkus getan. Heute klappt das Zaubern nicht mehr!"

Doch Kristina gab keine Ruhe. Sie rief: ,,Dann erfüllen Sie mir wenigstens drei Wünsche! Das können alle Zauberer!"

,,Gut," sagte der Zauberer und zwinkerte den Eltern zu, ,,du sollst deinen Willen haben. Erstens wirst du heute furchtbar erschrecken! Zweitens wirst du furchtbar lachen! Und drittens wirst du heute sehr, sehr glücklich sein!"

,,Das ist genau das, was ich mir gewünscht habe!" rief Kristina.

,,Dankeschön, Herr Zauberer!"

Als sie heimgingen, wartete Kristina sehnsüchtig darauf, daß alles in Erfüllung ginge. Doch es passierte nichts.

Auch zu Hause gab es keine Überraschung. Ob die Eltern doch recht hatten? Ob der Zauberer nicht richtig zaubern konnte? Ob es wirklich keine richtigen Zauberer gab? Kristina wollte es nicht glauben.

Sie wartete und wartete.

Beim Abendessen schüttete der Vater aus Versehen den Tee in die Butterdose. Kristina mußte so lachen, daß sie mit ihrem Stuhl umfiel. Sie erschrak sehr. Doch zum Glück war ihr nichts passiert. Nach dem ersten Schreck lachten die Eltern auch.

Als Kristina dann im Bett lag, lachte sie zufrieden. ,,Es gibt doch richtige Zauberer!" sagte sie zu ihren Eltern beim Gutenachtsagen. ,,Erstens habe ich furchtbar gelacht, als Vati den Tee in die Butterdose schüttete. Zweitens habe ich mich furchtbar erschreckt, als ich mit dem Stuhl umfiel. Nur die Reihenfolge ist etwas anders. Aber das ist nicht schlimm!"

,,Und drittens?" fragte die Mutter.

,,Drittens!" sagte Kristina leise. ,,Drittens bin ich heute sehr, sehr glücklich!"

Tanja spielt Frisör

Sonntags nach dem Essen hält der Vater seinen Mittagsschlaf. Tanja weiß, daß sie dann bei dem Vater fast alles erreichen kann. Wenn sie ihn etwas fragt, antwortet der Vater schläfrig: „Hmhm!" Und das heißt immer: „Ja!" Sonntags nach dem Essen ist der Vater zu müde, um nein zu sagen.
Heute fragt Tanja: „Darf ich ein bißchen Frisör mit dir spielen?"
Schläfrig antwortet der Vater: „Hmhm!"
Da holt Tanja den Kamm und die Bürste, dazu Mutters Lockenwickler.
Der Vater ist ein geduldiger Kunde. Manchmal schnarcht er ein bißchen vor sich hin.
Nur Locken wickeln und kämmen ist langweilig, findet Tanja. Deshalb fragt sie: „Darf ich auch ein bißchen die Haare schneiden?"
„Hmhm!" brummt der Vater und schnarcht wieder ein bißchen.
Tanja holt die kleine Schere aus Mutters Nähkasten und gibt sich die allergrößte Mühe. Der Vater hat viele Haare. Da kann man auch viel schneiden.
Tanja will dem Vater eine besonders schöne Frisur machen. Sie schneidet zuerst vorn die langen Strähnen weg. Dann schneidet sie um die Ohren herum.
„Au!" brummt der Vater.
Tanja muß viel vorsichtiger sein. Das ist besonders hinten am Kopf sehr schwierig. Aber Tanja schneidet und schneidet.
Nach einer Weile betrachtet sie Vaters Kopf. Eigentlich gefiel ihr die Frisur vor dem Haareschneiden doch besser.
Aber Tanja gibt nicht auf. Dann müssen halt noch mehr Haare abgeschnitten werden. Tanja ist ein sehr gründlicher Frisör. Und der Vater schnarcht zufrieden.
Jetzt ist Tanja fertig. Es ist nichts mehr da, was man noch wegschneiden könnte.
Tanja besorgt sich Mutters Taft und spritzt Vaters Kopf tüchtig ein.
Da wird der Vater wach. „Was machst du denn?" ruft er.
„Wir spielen doch Frisör!" stellt Tanja fest. „Und jetzt bist du fertig!"
Der Vater springt auf. Er rennt in das Badezimmer. Er schaut in den Spiegel. Dann schreit er so laut wie damals, als er sich mit dem Hammer auf den Daumen geschlagen hat.
Dann kommt er wieder. Er sieht richtig unglücklich aus. Jetzt ist auch die Mutter aus der Küche gekommen. Als sie den Vater sieht, schreit sie auch noch einmal.
Der Vater nimmt Tanja auf den Schoß. Er sagt ganz ruhig: „Tanja, wenn ich wieder einmal ‚hmhm' sage, heißt das NEIN! Tanja, hast du das verstanden?"
Wenn der Vater das sagt, muß es wohl stimmen, denkt Tanja und nickt.

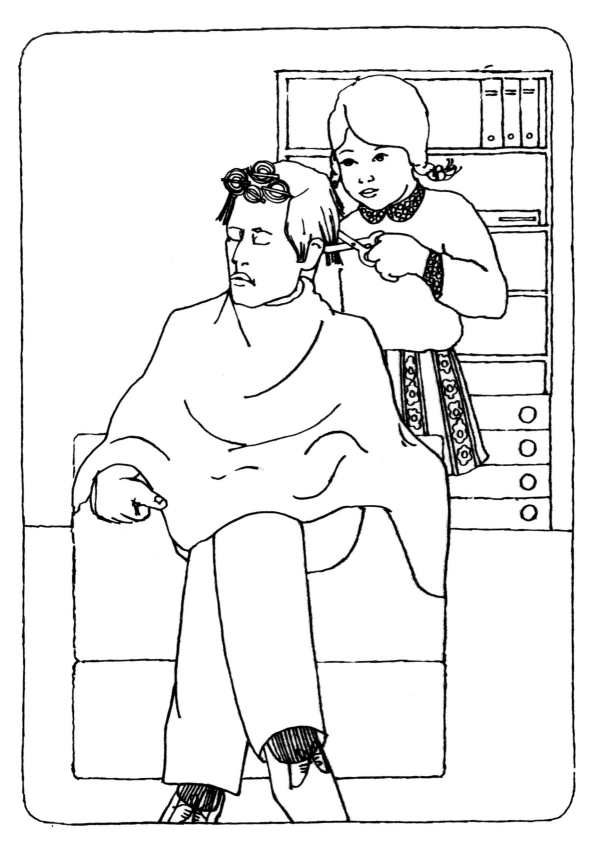

Die Geschichte von der Straßenlaterne

Dort, wo die Petersgasse in die Brückenstraße einmündet, stand seit vielen Jahren eine Laterne. Die Leute wußten gar nicht mehr, seit wann die Laterne dort stand. Jeden Abend, sobald es dämmrig wurde, schaltete die Laterne ihr Licht an und leuchtete bis in den Morgen hinein. Das tat sie immer überaus pünktlich und gewissenhaft. Die Leute nahmen das Licht der Laterne als selbstverständlich hin und beachteten sie weiter überhaupt nicht.
Mit der Zeit begann sich die Laterne über die Leute zu ärgern. Es kümmerte keinen, ob sie ihren Leuchtdienst gewissenhaft versah. Alle rechneten fest damit, daß sie leuchtete. Aber kein Mensch schien sich darüber zu freuen, daß sie mit ihrem Licht den Leuten im Dunkeln den richtigen Weg zeigte.
Da beschloß die Laterne eines Abends, ihr Licht nicht einzuschalten. Es wurde dämmrig, dann dunkel. Doch die Laterne ließ ihr Licht ausgeschaltet.
Zuerst war es Herr Blau, der es bemerkte. Er wollte ganz schnell über die Straße laufen und trat mitten in eine große Pfütze hinein. Ärgerlich sagte er: „Was ist denn mit der Laterne los? Sie brennt ja nicht!" Dann kam Frau Meyer um die Ecke. Sie hatte es eilig und bemerkte nicht, daß ihr von der anderen Seite Herr Peters entgegenkam. So rannten Frau Meyer und Herr Peters aufeinander. „Entschuldigen Sie bitte!" sagte Herr Peters. „Aber die Laterne brennt nicht!"
Und dann rannte Herr Wolters mit dem Kopf gegen den Laternenpfahl. Er rieb sich die Stirn und schimpfte: „Wenn du schon nicht brennst, dann brauchst du auch nicht hier herumzustehen und anderen Leuten im Weg sein!"
Immer mehr Leute schimpften, daß die Laterne nicht brannte.
In der Nacht noch riefen sie die Stadtverwaltung und das Elektrizitätswerk an.
Am nächsten Morgen kamen die Arbeiter und stellten eine Leiter an die Laterne an. Sie wechselten die Birne aus. Aber die Birne war heil. Da wußten die Arbeiter auch nicht, was sie machen sollten.
Sie sagten: „Wir kommen morgen wieder!"
Am Abend gingen die Leute ganz vorsichtig durch die Petersgasse und durch die Brückenstraße. Viele hatten sogar ihre Taschenlampen dabei. Damit leuchteten sie.
„Wenn doch nur unsere Laterne wieder brennen würde!" sagten sie, wenn sie sich begegneten. „Ohne Laterne geht das einfach nicht!"
Als das die Laterne hörte, freute sie sich so sehr, daß sie augenblicklich ihr Licht wieder anknipste.
„Seht nur, unsere Laterne brennt wieder!" riefen die Leute und schauten zu ihr hoch. „Ist sie nicht wunderschön?" fragte ein alter Mann.
„Sie macht unsere Straße hell und gemütlich!" Da freute sich die Laterne noch mehr und nahm sich vor, nie wieder auszugehen.

Mein Brief

Ich nehme Bleistift und Papier
und ein Kuvert. Dann schreib ich dir.

Ich schreibe: Mir geht's gut. Und dir
geht's hoffentlich so gut wie mir.

Dann falte ich den Brief ganz fein
und steck' ihn in den Umschlag rein.

Und auf dem Umschlag geb' ich dann
Absender und Adresse an.

Die Briefmarke kleb' ich darauf
am rechten Rand mit Spucke auf.

Ich steck' den Brief, das wird dich freun,
dann in den Briefkasten hinein.

Und morgen kommt mein Brief zu dir
Freust du dich auf den Gruß von mir?

Wie der Fuchs den Spatz überlisten wollte

Einmal sah der Fuchs einen kleinen Spatz auf einem niedrigen Ast sitzen. Er hätte ihn gar zu gern geschnappt. Doch der kleine Vogel paßte gut auf und ließ den Fuchs nicht an sich heran.
„Du meinst, ich sei so dumm, daß du micht fangen könntest!" lachte der Spatz. „Ich bin klüger als du denkst!"
„Haha!" spottete der Fuchs. „So klug bist du nicht. Ich fange dich doch noch!"
„Du fängst mich nicht!" rief der kleine Spatz. „Ich gebe genau acht, ob du von links oder von rechts kommst!" Damit drehte er blitzschnell sein Köpfchen von links nach rechts.
„Siehst du", lachte er, „dann merke ich gleich, wenn du dich mir näherst!" Dann schaute er nach oben in die Luft und nach unten hinunter auf die Erde. „Siehst du", rief er, „ich schaue auch nach oben und nach unten. Nach links und nach rechts, nach oben und nach unten! Ich passe immer auf. So kann mir nichts passieren!"
„Und was tust du, wenn du dich ganz sicher fühlst?" fragte der Fuchs.
Da meinte der Spatz: „Dann kann ich mich endlich ausruhen und meinen Kopf unter die Federn stecken!"
Scheinheilig sagte der Fuchs: „Das habe ich noch nie gesehen. Das mußt du mir auch einmal zeigen!"
Da steckte der Spatz seinen Kopf unter die Federn.
Darauf hatte der Fuchs nur gewartet.
Er sprang auf und wollte den Vogel packen.
Doch der Spatz war schneller. Blitzschnell flog er auf einen höheren Ast. Von dort rief er: „Glaubst du wirklich, ich würde mich vor den Fuchs setzen und die Augen schließen. Ein bißchen habe ich gemogelt."
Da merkte der Fuchs, daß er den Spatz nicht überlisten konnte und lief ärgerlich und mit hungrigem Bauch davon.

Rita ärgert sich

Als Rita heute auf den Schulhof kommt, schauen sich alle nach ihr um. Rita hat ein neues Kleid an. Rita geht ganz vorsichtig über den Schulhof. Sie macht einen großen Bogen um jede Pfütze. Sie ist ja so stolz auf ihr neues Kleid.
Da kommt Walter angelaufen. Er rennt hinter Wolfgang her. Er schaut nicht, wohin er läuft. Und schon passiert es! Walter rennt die kleine Rita um. Sie fallen beide. Walter ist zuerst wieder auf den Beinen. Er hat Glück gehabt. Nur seine Hände sind schmutzig.
Aber wie sieht Rita aus! Sie sitzt auf dem Boden und schaut auf ihr neues Kleid hinunter. Ein großer, brauner Schmutzfleck ist da zu sehen.
Walter läuft schon wieder weiter. Er schreit: „Dumme Gans! Warum mußtest du dich mir auch in den Weg stellen?"
Jetzt weint Rita. Sie weint so laut, so durchdringend, daß alle es hören müssen. Ihr tut es so leid, daß ihr neues Kleid schmutzig geworden ist. Die anderen Mädchen stehen um Rita herum. Rita jammert: „Das sage ich der Lehrerin!" Alle Mädchen nicken. Sie haben großes Mitleid mit Rita. Sie gönnen es dem wilden Walter, daß Rita ihn verpetzen will. Deshalb rufen sie: „Ja, das sagst du der Lehrerin!"
Und Dagmar schreit hinter Walter her: „Das sagt Rita bestimmt unserer Lehrerin! Warte nur, Walter!"
„Dumme Gänse!" ruft Walter böse und läuft weiter hinter Wolfgang her. Aber dann in der Schule hat Walter doch große Angst. Hoffentlich sagt Rita nichts von ihrem Kleid! Er schaut immer wieder hinüber zu Rita. Sie sitzt in ihrer Bank und sieht ihn gar nicht an. Walter möchte ihr gern sagen, wie leid ihm alles tut. Er wollte Rita doch nicht umwerfen. Er schämt sich sehr. Aber er ist doch ein Junge. Da kann er sich nicht einfach bei einem Mädchen entschuldigen. Den ganzen Morgen wartet Walter darauf, daß Rita der Lehrerin doch von dem Kleid erzählt. Als endlich der Unterricht zu Ende ist, läuft Walter erleichtert nach Hause: Sie hat ihn doch nicht verpetzt!
Am nächsten Morgen kommt Rita in die Klasse und wundert sich: Auf ihrem Tisch liegt ein dicker roter Apfel. Ein kleiner Zettel liegt daneben.
Rita nimmt ihn in die Hand. Dann liest sie:
„Liebe Rita! Ich schenke Dir den Apfel, weil Du mich nicht verpetzt hast! Dein W."
Rita freut sich. Sie möchte sich so gern bei Walter bedanken. Aber der steht drüben bei den anderen Jungen und tut so, als sieht er Rita nicht.
Da lächelt Rita, denn sie bemerkt: Walter hat ganz rote Ohren.

Die Geschichte vom Wecker

Jeden Morgen um sieben Uhr rappelte der Wecker. Dann schlug ihm die Mutter auf den Kopf, damit er wieder still war. Sie stand auf, weckte den Vater und die Kinder und kochte Kaffee. Dann deckte sie den Frühstückstisch.
Einmal beschloß der Wecker, die Mutter nicht zu wecken. Als es sieben Uhr war, rappelte er einfach nicht.
Nun wird es lustig, dachte der Wecker. Jetzt verschläft die Mutter. Sie weckt den Vater und die Kinder nicht. Es gibt keinen Kaffee und kein Frühstück, und alle kommen zu spät zur Arbeit und zur Schule.
Jetzt wird es lustig, dachte der Wecker.
Er tickte leise, und die Zeit verging. Jetzt war es schon halb acht Uhr. Sie kommen viel zu spät, dachte sich der Wecker. Ob sie sehr böse werden?
Er tickte leise, und die Zeit verging. Jetzt war es schon acht Uhr.
Oweh, oweh, dachte der Wecker. Wenn ich jetzt noch wecke, ist es sowieso viel zu spät. Da lasse ich es am besten bleiben. Oweh, oweh, dachte der Wecker.
Er tickte leise, und die Zeit verging.
Um halb neun Uhr seufzte die Mutter einmal. Sie drehte sich auf die andere Seite und schlief weiter. Der Vater schnarchte ein bißchen.
Oweh, oweh, dachte der Wecker. Das wird eine ganz schlimme Sache! Sicher werden sie sehr böse werden, daß ich sie nicht geweckt habe. Er hatte ein schlechtes Gewissen.
Er tickte leise, und die Zeit verging.
Um neun Uhr wurde die Mutter wach. Sie rieb sich die Augen und gähnte.
Dann schaute sie zu dem Wecker.
Oweh, oweh, dachte der Wecker, jetzt wird es sehr schlimm.
Doch die Mutter lachte nur. Sie gab dem Vater einen leichten Stoß und rief: „Aufstehn, du Faulenzer! Oder willst du den ganzen Sonntag verschlafen!"
Der Vater lachte: „Es ist schön, wenn morgens der Wecker nicht rappelt! Schön, daß heute Sonntag ist!"
Da mußte der Wecker lachen. Er hatte die Mutter ärgern wollen und hatte vergessen, daß heute Sonntag war und er gar nicht zu wecken brauchte.
Da ging es ihm auch wieder besser.

Ralf, der Osterhase

Wenn die anderen Kinder Ostereiser suchen, wenn sie durch den Garten und über die Wiese rennen, kann Ralf nicht mittun. Ralf kann nämlich nicht laufen. Er sitzt den ganzen Tag in seinem Rollstuhl. Aber auf Ostern freut er sich immer ganz besonders.
Am Samstag werden nämlich seine Geschwister abends schon früh ins Bett geschickt. Nur Ralf darf noch aufbleiben.
Die Mutter kocht dann die Ostereier. Der Vater holt die Eierfarben und stellt sie vor Ralf auf den Tisch.
Und dann färbt Ralf alle Ostereier. Ein Osterei wird schöner als das andere.
Es gibt rote, blaue, gelbe und braune Eier.
Wenn Ralf ein Ei gefärbt hat, reicht er es seinem Vater. Der Vater reibt dann das Ei mit einer Speckschwarte ein, so daß es glänzt.
Wenn einmal ein Ei beim Kochen platzt, dann darf Ralf es schon vor Ostern aufessen.
„Ralf ist unser Osterhase!" lacht die Mutter.
Wenn die Kinder am Ostersonntag Ostereier suchen, wenn sie durch den Garten und über die Wiese rennen, kann Ralf nicht mittun.
Aber er sitzt in seinem Rollstuhl vor der Verandatür und freut sich.
Er hat nämlich dem Vater ganz genau gesagt, wo er die Eier verstecken soll.
„Hast du vielleicht den Osterhasen gesehen?" fragt Tini, seine kleine Schwester.
Ralf muß so lachen, daß er nicht sprechen kann.
Doch die Mutter sagt: „Ich habe den Osterhasen gesehen!"
Und der Vater nickt: „Ich auch!"
Da muß Ralf noch mehr lachen.

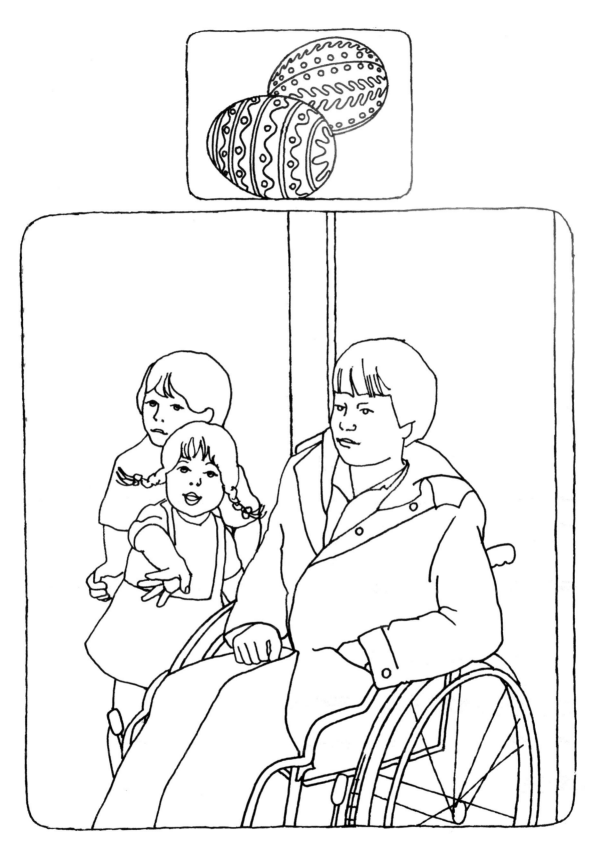

Der Pechtag

„Heute ist mein Pechtag!" sagte die alte Frau, als ihr der Zug vor der Nase wegfuhr. Eigentlich wollte sie heute in die Stadt fahren und sich eine neue Lesebrille kaufen, weil sie ihre alte verloren hatte. Acht Tage lang hatte sie überall gesucht. Da hatte sie es endlich aufgegeben. Die Brille hatte sie liebgewonnen und es tat ihr leid, daß sie nun eine neue kaufen mußte.
Als sie nach Hause kam und die Haustür öffnete, fiel der große Blumentopf mit Gepolter von der Fensterbank im Wohnzimmer herunter.
„Heute ist mein Pechtag!" sagte die alte Frau und zog schnell ihren Mantel aus. Dann kehrte sie die Erde zusammen. Zum Glück war der Topf nicht kaputt. Da konnte sie ihn wieder auf die Fensterbank stellen. Dabei bemerkte sie, daß sie vergessen hatte, das Fenster zu schließen. „Heute ist mein Pechtag!" sagte die alte Frau. „Jeder Einbrecher wäre leicht durch das offene Fenster in die Wohnung gekommen, wenn ich in der Stadt gewesen wäre!"
Als sie in das Badezimmer ging, spritzte Wasser aus der Waschmaschine. „Heute ist mein Pechtag!" sagte die alte Frau. „Ausgerechnet heute geht die Waschmaschine kaputt. Wenn ich in der Stadt gewesen wäre, wäre das Wasser in die ganze Wohnung gelaufen!" Sie stellte schnell die Waschmaschine ab und lief zum Telefon und bestellte den Kundendienst. Dann räumte sie die schmutzige Wäsche aus der Waschmaschine heraus.
Sie legte alles vorsichtig zurück in den großen Wäscheeimer.
Dabei fiel ihr die blaue Schürze aus der Hand.
„Heute ist mein Pechtag!" sagte die alte Frau und bückte sich, um die Schürze aufzuheben. Als sie die Schürze in den Eimer legen wollte, bemerkte sie, daß noch etwas in der Schürzentasche war.
„Heute ist mein Pechtag!" sagte die alte Frau. „Da hätte ich doch beinahe etwas in der Waschmaschine mitgewaschen, was gar nicht gewaschen werden soll. Wie staunte sie aber, als sie in die Schürzentasche hineingriff. Zuerst wollte sie es gar nicht glauben. Aber dann sah sie es mit eigenen Augen: Da war ihre Lesebrille!
Jetzt klingelte es an der Tür. Als die alte Frau öffnete, brachte ihr der Postbote ein großes Paket von ihrer Tochter. „Eigentlich wollte ich in die Stadt fahren!" sagte die alte Frau zu dem Postboten. „Dann hätten Sie mich nicht angetroffen!" „Da haben Sie ja Glück!" meinte der Postbote. „Sonst hätten sie sich das schwere Paket selbst auf der Post abholen müssen!"
Dann kam der Kundendienst und reparierte die Waschmaschine.
Am Nachmittag setzte sich die alte Frau ihre Lesebrille auf und sagte: „Heute ist mein Glückstag! Ich habe ein Paket bekommen. Die Waschmaschine ist repariert. Ich konnte das Fenster noch rechtzeitig schließen. Der Blumentopf ist nicht kaputt. Und ich habe meine Lesebrille wieder.
Ja. Heute ist mein Glückstag!"

Roland Lieblingsostereier

Andere Kinder mögen daran glauben, daß der Osterhase die Ostereier färbt und ins Nest legt. Roland nicht. Roland darf nämlich immer beim Färben der Ostereier helfen. Darauf freut er sich seit Weihnachten.

Die Mutter kocht die Eier und Roland malt sie mit besonderen Farbstiften bunt. Anschließend darf er andere gekochte Eier in die Schälchen mit der Farbe legen. Da gibt es rote, gelbe, blaue und grüne Ostereier. Zum Schluß reibt er alle gefärbten Ostereier mit einer Speckschwarte so lange ab, bis sie ganz glänzend werden.

Am liebsten aber hat Roland die Ostereier, die in Zwiebelschalen gefärbt werden. Die Mutter hat viele Zwiebelschalen gesammelt. Sie legt sie alle in einen großen Topf und gießt etwas Essig dazu. Wenn die Zwiebelschalen richtig kochen, darf Roland die Eier hineinlegen. Wenn die Mutter sie dann später herausholt, sind sie herrlich braun und haben kleine Muster. Das kommt von den Zwiebelschalen.

Natürlich sucht Roland genau wie die anderen Kinder am Ostersonntag die Ostereier im Garten. Wenn der Osterkorb voll ist, sucht er die schönsten Eier heraus: ein gelbes, ein grünes, ein rotes, ein blaues und zwei braune Zwiebelschaleneier.

Der Vater nimmt Roland an der Hand, und sie machen zusammen einen Osterspaziergang. Sie gehen durch den Wald bis zu dem großen Ameisenhaufen.

Dort packt Roland ein Osterei nach dem anderen aus und legt es mitten in den Ameisenhaufen hinein.

Sofort kommen die Ameisen angestürzt. Sie krabbeln über die bunten Ostereier. Immer mehr Ameisen kommen hinzu. Dort, wo sie gelaufen sind, hinterlassen sie auf der bunten Eierschale weiße Spuren. Roland läßt dann lieber den Vater die Ostereier wieder aus dem Ameisenhaufen herausholen. Er will nicht von den Ameisen gebissen werden.

Aber wenn dann alle Eier wieder im Korb sind, hält er seine Nase ganz dicht daran. Sie riechen jetzt ganz besonders gut.

Die Ostereier, die einmal im Ameisenhaufen gelegen haben, sind Rolands Lieblingsostereier. Die ißt er zu allerletzt auf.

Der Schornsteinfeger und die Schwalbe

Wenn der Schornsteinfeger zur Arbeit ging, nahm er immer in seiner Hosentasche etwas Vogelfutter mit. Manchmal auch etwas Käse. Der Schornsteinfeger hatte nämlich eine Freundin. Das war eine Schwalbe. Wenn der Schornsteinfeger auf dem Dach stand, kam die Schwalbe herzugeflogen. Sie setzte sich auf den Schornstein und piepte leise.
Dann freute sich der Schornsteinfeger. Er unterbrach seine Arbeit. Er hörte auf zu fegen und setzte sich neben die Schwalbe. Dann suchte er in seiner Hosentasche nach Futter. Wenn er etwas gefunden hatte, hielt er es der Schwalbe in der ausgestreckten Hand hin.
Dann flog die Schwalbe auf seine Hand und pickte das Futter auf.
Wenn der Schornsteinfeger sich lange genug ausgeruht hatte, dann war auch die Schwalbe satt. Sie piepte zufrieden und flog davon. Und der Schornsteinfeger machte sich wieder an seine Arbeit und fegte einen Schornstein nach dem anderen.
So ging es lange Zeit. Der Schornsteinfeger wartete immer auf die Schwalbe und freute sich, wenn sie sich zu ihm auf den Schornstein setzte.
Aber einmal kam die Schwalbe nicht. Der Schornsteinfeger wartete den ganzen Tag auf sie. Traurig ging er am Abend mit dem Vogelfutter in der Tasche nach Hause.
Auch am nächsten Tag kam die Schwalbe nicht. Da dachte der Schornsteinfeger: Entweder ist ihr etwas passiert oder sie hat mich vergessen.
Trotzdem steckte er sich jeden Morgen etwas Vogelfutter in die Tasche. Während der Arbeit schaute er immer wieder nach den Vögeln, die über und unter ihm vorbeiflogen. Aber seine Freundin war nicht dabei.
Der Schornsteinfeger dachte oft an die Schwalbe und war traurig, daß sie nicht mehr zu ihm kam.
Aber einmal traute er seinen Augen nicht. Als er auf dem Dach stand, kam plötzlich seine Schwalbe herangeflogen. Sie piepte leise und setzte sich auf den Schornstein. Doch sie war nicht allein. Hinter ihr her kamen drei junge Schwalben geflogen und ließen sich auch auf dem Schornstein nieder. Alle Schwalben piepten leise und blickten ihn erwartungsvoll an.
Da suchte der Schornsteinfeger in seiner Hosentasche. Er fand so viel Futter, daß alle satt wurden.
Jetzt wußte der Schornsteinfeger, warum seine Freundin so lange nicht gekommen war.
Sie hatte Eier ausgebrütet. Dann hatte sie die Jungen versorgen müssen. Und jetzt wollte sie ihm ihre Kinder zeigen.
Von diesem Tag an nahm der Schornsteinfeger noch viel mehr Vogelfutter in seiner Hosentasche zur Arbeit mit.

Der kleine Buchfink

Die jungen Buchfinken waren ausgeschlüpft, und die Vogeleltern versorgten sie mit Futter. Aber den Buchfinken ging das nicht schnell genug. Sie sperrten ihre Schnäbelchen auf und piepsten erbärmlich. Sie hatten so großen Hunger.
Einem kleinen Buchfinkenjungen dauerte die Sache viel zu lang. Er drängte sich bis an den Nestrand. Von hier aus konnte er zuerst sehen, wenn die Vogelmutter wieder mit Futter ankam.
Aber das war ihm noch nicht genug. Deshalb kletterte er am Nest hoch und stand schließlich auf dem Nestrand.
Das hätte er nicht tun sollen. Er schlug ein wenig ungeschickt mit seinen Flügeln. Schon passierte es. Der kleine Buchfinkjunge stürzte vom Nestrand hinunter auf die Erde.
Da saß er nun und piepste jämmerlich.
Zum Glück kam jetzt die Vogelmutter angeflogen. Sie hörte das Piepsen und merkte sogleich, daß etwas passiert war. Da entdeckte sie auch den kleinen Piepmatz auf der Erde.
Sie flog zu ihm hinunter und gab ihm einen kleinen Stoß. Er sollte ins Nest zurückfliegen. Doch der kleine Vogel war sehr ängstlich. Er flatterte zwar ein bißchen mit seinen Flügeln. Aber fliegen wollte er nicht.
Ängstlich und klein hockte er vor der Mutter auf der Erde.
Wenn der kleine Vogel hier sitzen blieb, mußte er jämmerlich zugrunde gehen.
Die Vogelmutter versuchte es wieder. Sie hüpfte um ihr Vogelkind herum, flog ein Stückchen, kam sogleich wieder zurück und gab ihm wieder einen Stoß.
Noch immer wagte es der kleine Vogel nicht.
Da stupste die Mutter noch fester.
Endlich breitete der kleine Vogel seine Flügel aus. Er versuchte zu starten. Es gelang ihm nicht.
Er versuchte es noch einmal und noch einmal.
Da klappte es plötzlich. Ungeschickt und tollpatschig flatterte er los.
Mit klopfendem Herzen landete er wirklich im Nest bei den anderen Vogelkindern.
Jetzt kam auch der Vogelvater herangeflogen und brachte neues Futter.
Da sperrte der kleine Piepmatz bereits schon wieder sein Schnäbelchen auf und piepste am allerlautesten.

Peter und die schlaue Maus

So schlau ist der Peter.
Er sagt zum kleinen Klaus:
„Ich stelle eine Falle
und fange eine Maus!"

Er holt in der Küche
ein kleines Stückchen Speck.
Dann sucht er im Keller
ein sicheres Versteck.

Nun stellt er die Falle.
Da hilft ihm auch der Klaus.
Was wird nun geschehen?
Paß auf, du kleine Maus!

Am Abend geht Peter
zur Falle mit dem Speck.
Er schaut, und dann schreit er:
„Der ganze Speck ist weg!"

Doch leer ist die Falle.
Da lacht der kleine Klaus:
„So schlau ist der Peter,
doch schlauer ist die Maus!"

Ja, schlau ist der Peter,
der Peter kennt sich aus.
So schlau ist der Peter,
doch schlauer ist die Maus!

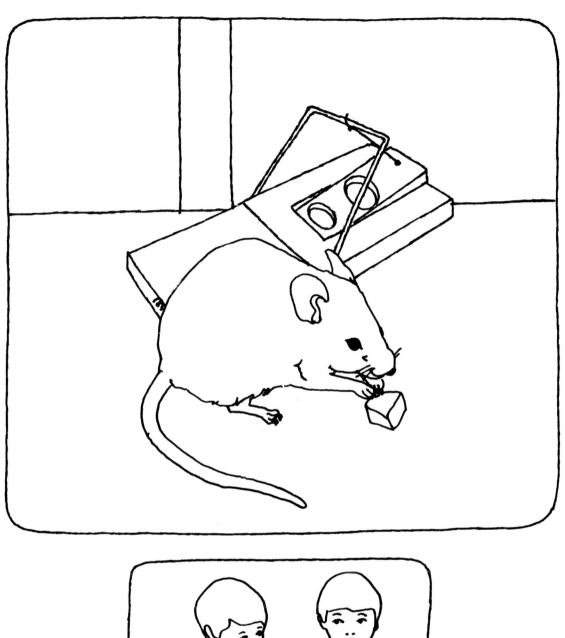
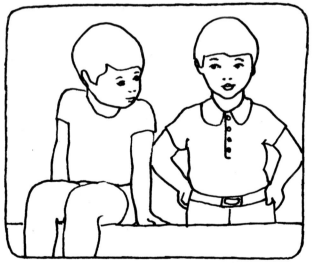

Herrn Hoffmanns Hut

An einem stürmischen Sonntag im Herbst ging Herr Hoffmann mit seiner Frau spazieren.
„Frische Luft tut immer gut!" hatte Herr Hoffmann gesagt. So war es trotz des Windes ein schöner Spaziergang geworden.
Als sie aber kurz vor ihrem Gartentürchen waren, riß ein besonders starker Windstoß Herrn Hoffmann den Hut vom Kopf.
„Haltet ihn! Haltet ihn!" rief Herr Hoffmann und rannte hinter seinem Hut her. Der Hut wurde von dem Wind über den Zaun in Hoffmanns Garten geblasen. Frau Hoffmann öffnete schnell die Gartentür, doch der Hut flog schon weiter. Herr und Frau Hoffmann liefen hinter dem Hut her. Fast hätte Frau Hoffmann ihn erwischt, da war er schon wieder weg. Sie rannten und rannten, aber der Hut war schneller.
Zuletzt sahen sie ihn überhaupt nicht mehr. Sie suchten überall im Garten. Doch der Hut blieb verschwunden.
„Dann muß ich mir eben einen neuen Hut kaufen!" meinte Herr Hoffmann und gab endlich die Suche auf. Aber seltsam kam ihm die Sache doch vor.
Der Herbst ging vorbei, und der Winter kam. Nach Weihnachten kam Neujahr, nach Neujahr Fasching. Endlich zog der Frühling in das Land.
Einmal war es so warm, daß Herr und Frau Hoffmann im Garten ihren Kaffee trinken konnten.
Plötzlich schrie Frau Hoffmann auf und zeigte auf den großen Baum neben dem Haus.
„Schau doch einmal, Herbert!" rief sie. „Schau einmal zu dem rechten dritten Ast!"
Herr Hoffmann schaute und entdeckte ein Vogelnest.
„In dem Baum nisten doch oft Vögel!" meinte er.
Aber Frau Hoffmann rief: „Schau einmal ganz genau!"
Da sah Herr Hoffmann, daß das Vogelnest gar kein richtiges Vogelnest war. Es war sein Hut, der ihm im Herbst fortgeflogen war.
Ein Vogelpärchen hatte den Hut als Nest verwendet. Jetzt zog es dort seine Jungen auf.
Herr Hoffmann lachte, daß ihm der Bauch wackelte. Dann lief er ins Haus hinein und holte seinen Fotoapparat.

Der Briefträger und sein Postsack

Jeden Morgen trug der Briefträger in seinem Postsack die Briefe aus.
Zuerst wurden die Briefe im Postamt sortiert. Dann lud der Briefträger die Briefe in seinen Postsack. Er ging zuerst in die Moritzstraße, dann zum Schloßplatz, danach in die Johannstraße und endlich in die Mozartstraße. Weil die Straßen alle sehr lang waren, standen dort viele Häuser. Alle Häuser hatten Briefkästen an der Haustür. Und alle Briefkästen warteten auf Post.
Da hatte der Briefträger viel zu tun. Er zog den kleinen Wagen mit dem Postsack hinter sich her. Er holte die Briefe heraus und steckte sie in die Briefkästen. Dazu brauchte er den ganzen Morgen. Wenn er endlich alle Briefe ausgetragen hatte, taten ihm oft die Beine weh.
Aber er war immer gut gelaunt. Deshalb hatten ihn die Leute gern.
An einem Morgen hatte der Briefträger schon alle Briefe in der Moritzstraße und am Schloßplatz ausgetragen. Er hatte auch schon einige Briefkästen in der Johannstraße gefüttert. Als er aber an der Hausnummer 11 die Briefe aus dem Postsack herausnahm, erschrak er. Zwei Briefe waren für die Nummer 11 bestimmt. Und beide Briefe waren nicht mehr heil. Ein ganzes Stück war unten abgefressen.
Der Briefträger konnte es nicht glauben. Er griff erneut in den Postsack. Aber die Briefe, die er dann herausholte, sahen ähnlich aus. Einer war oben abgefressen, der andere unten.
Der Briefträger war verzweifelt. Er war verantwortlich für alle Briefe. Und jetzt waren viele Briefe angefressen. Was sollte er nur tun?
Der Briefträger schob seine Briefträgermütze nach hinten und kratzte sich nachdenklich am Kopf.
Dann schaute er in den Sack hinein und entdeckte eine winzige graue Maus. Die blickte ihn ganz scheu und ängstlich mit ihren kleinen Augen an.
Der Briefträger wunderte sich. Er schüttelte immer wieder den Kopf, und endlich fragte er: „Wie bist du denn da hineingekommen?"
Und weil ihm das Mäuslein keine Antwort gab, schüttelte er wieder den Kopf.
„Haben Sie Post für uns?" fragte Webers Hans, der gerade vorbeikam.
„Ja, das heißt nein .. oder vielleicht doch!" sagte der Briefträger und schaute den Jungen ratlos an.
„Komisch!" meine Hans und wunderte sich.
Da erklärte ihm der Briefträger, was mit seinem Postsack los war.
Hans schaute in den Postsack hinein. Zuerst mußte er lachen. Aber dann tat ihm die kleine Maus leid.
Und als er den armen Briefträger ansah, hatte er noch mehr Mitleid. „Wir können zum Park laufen!" schlug er vor. „Da lassen wir die Maus frei!"
Der Briefträger strahlte. Er rief: „Aber so schnell wie möglich, sonst frißt sie mir noch mehr Briefe auf!"
Die Leute in der Johannstraße wunderten sich nur: Da raste Webers Hans durch die Straße. Und hinter ihm her raste der Briefträger so schnell er nur konnte. Und hinter dem Briefträger holperte und polterte das Wägelchen mit dem Postsack. Der Briefträger schwitzte und lachte. Und Hans lachte noch mehr.
Im Park nahm der Briefträger den Postsack von dem Wägelchen herunter. Er legte ihn ins Gras. Die Öffnung lag ganz dicht auf dem Boden.
Hans und der Briefträger warteten gespannt. Es dauerte nicht lange, da schoß die kleine Maus aus dem Postsack heraus, lief durch das hohe Gras und war im nächsten Augenblick im Gebüsch verschwunden.
„Danke, Hans!" sagte der Briefträger und wischte sich den Schweiß von der Stirn.
„Ich habe heute schulfrei!" lachte Hans. „Da helfe ich Ihnen, die Post auszutragen. Dann

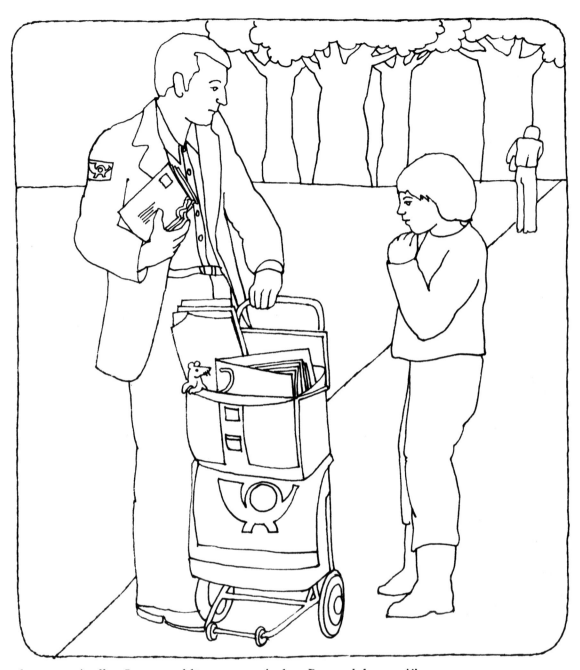

können wir allen Leuten erklären, was mit dem Postsack los war!"
So gingen Hans und der Briefträger von einem Haus zum anderen. Zuerst in die Johannstraße, und dann in die Mozartstraße.
Sie erzählten allen Leuten, was mit dem Postsack passiert war.
Die Leute ärgerten sich nicht, daß sie angefressene Briefe bekamen.
Sie mußten so lachen, daß sie sich nicht ärgern konnten.
Am Abend erzählte der Briefträger seinen Kindern vom Postsack und der Maus.
Hans aber sagte beim Abendessen zu seinem Vater: „Ich möchte, wenn ich groß bin, Briefträger werden!"

Die Sache mit dem Hinkelstein

Der Bauer Just aus Dänemark
war listig, lustig, groß und stark
und lachte oft vorm Bauernhaus
neugierige Touristen aus.

Einst kam aus Bayern mal ein Mann.
„Schaut euch doch meinen Hahn nur an!"
sagt Bauer Just aus Dänemark.
„Mein Hahn ist ungewöhnlich stark!
Steht er auf dem Hinkelstein
und kräht, dann könnt ihr sicher sein,
dann regt er sich,
bewegt er sich!"

Der Mann aus Bayern schaut sich um.
„Ihr haltet mich wohl für sehr dumm!
So schwer ist dieser Hinkelstein!
So leicht legt ihr mich nicht herein!
Er regt sich nicht,
bewegt sich nicht!"

Der Bauer sagt: „Ich lüge nie!
Glaubt mir's! Des Morgens in der Früh
steht er auf diesem Hinkelstein
und kräht. Und ihr könnt sicher sein,
dann regt er sich,
bewegt er sich!"

Den Bayern hielt es nicht zu Haus.
Früh trieb's ihn aus dem Bett heraus.
Er wollt's mit eignen Augen sehn.
Er sah den Hahn dort oben stehn.
Er krähte in den Tag hinein
auf jenem großen Hinkelstein
und regte sich,
bewegte sich.

Der Bayer staunte gar nicht schlecht
und lachte laut: „Der Just hat recht!"

Die Kuh im Kastanienbaum

Annette läuft ganz aufgeregt zu dem Opa: „Der Christian hat gesagt, eine Kuh ist im Kastanienbaum!"
Der Opa blickt Annette mißtrauisch an. Dann sagt er: „Die Welt wird immer verrückter!"
Er ruft der Oma zu: „Im Kastanienbaum ist eine Kuh!"
Die Oma schaut den Opa mißtrauisch an. Aber wenn der Opa das sagt, muß es wohl stimmen. So ruft sie Tante Helene zu: „Im Kastanienbaum ist eine Kuh!"
Tante Helene telefonierte gerade mit ihrer Freundin. „Übrigens," sagt sie ins Telefon hinein, „in unserem Kastanienbaum ist eine Kuh!"
Kaum hat Tante Helene den Hörer aufgelegt, da ruft ihre Freundin schon Frau Boller an. Sie verkündet sofort die Neuigkeit: „In Müllers Kastanienbaum ist eine Kuh!"
„Das muß ich Schulzes erzählen!" sagt Frau Boller. Sie legt den Hörer auf die Gabel und wählt Schulzes Nummer.
Herr Schulze sagt es Frau Weber.
Frau Weber sagt es Herrn Will.
Herr Will sagt es Herrn Schneider.
Herr Schneider sagt es Frau Patzke.
Frau Patzkes Mann ist Reporter bei der Zeitung.
Um fünf Uhr läutet es bei Müllers an der Haustür.
Als die Mutter öffnet, stehen viele Leute davor. Auch ein Mann von der Zeitung mit einem Fotoapparat.
„Ich möchte die Kuh im Kastanienbaum knipsen!" sagt der Mann von der Zeitung.
„In unserem Kastanienbaum ist keine Kuh!" sagt die Mutter.
Da kommt der Opa hinzu. Er ruft: „Annette hat es mir selbst gesagt."
Und Annette schreit: „Ja, Christian hat gesagt: eine Kuh ist im Kastanienbaum!"
Da kommt auch Christian. Christian ist gerade drei Jahre alt geworden.
Er hat nur am rechten Fuß einen Schuh.
„Mama!" jammert er. „Mein anderer Kuh ist im Baum!"
„Er kann leider noch nicht SCH sagen!" sagt die Mutter und klappt dem Mann von der Zeitung die Tür vor der Nase zu.

Der aufgeblasene Frosch

Ein Frosch sonnte sich mit seinen Freunden auf den warmen Steinen am Teich.
Als er auf der Wiese einen großen Ochsen erblickte, machte er sich über das Tier lustig.
Er quakte: „Wenn ich nur wollte, könnte ich noch größer sein!"
Die Freunde lachten den Angeber aus. Sie riefen: „Das mußt du uns schon zeigen. Sonst glauben wir es dir nicht!"
Da holte der Frosch ganz tief Luft. Und dann blies er seine Backen so dick auf, wie er nur konnte. Sogar sein Bauch wurde etwas dicker.
Stolz stellte er sich vor die anderen Frösche.
„Na, was meint ihr?" fragte er. „Bin ich jetzt so groß wie der Ochse?"
Die Freunde lachten ihn aus und schrien: „Noch lange nicht!"
Da gab sich der Frosch die größte Mühe und blies sich noch ein Stück weiter auf. Als er nicht mehr konnte, rief er: „Jetzt bin ich aber bestimmt so groß wie der Ochse!"
„Nein", lachten die Freunde, „immer noch nicht!"
Da blies sich der Frosch mit aller Gewalt auf. Er blies und blies, bis er mit einem gewaltigen Knall zerplatzte.

Kleine Maus

Kleine Maus, die mich erfreute,
der ich heimlich Käsekrümel streute,
die ich an der Treppe still belauschte
und mit der ich ohne Worte plauschte.
Kleine Maus, die ich niemals vergessen,
die den Zucker mir aus meiner Hand gefressen,
die die Ohren spitzte, wenn sie mich nur sah,
diese kleine Maus ist nicht mehr da.

Und ich frage jeden voller Angst und Bangen:
„Hast du zufällig die kleine Maus gefangen?"
Eine Maus, die Emmentaler Käse liebt
und zum Dank für Speise dreimal leise piept.
Eine Maus, die niemals Böses dachte
und für ein Stück Schinken Männchen machte.
Gestern sah ich sie noch gegen zehn.
Hat denn niemand diese Maus gesehn?

Kleine Maus, die mich erfreute,
der ich heimlich Käsekrümel streute.
In der Falle liegt sie tot und klein.
Und seit heute bin ich so allein.

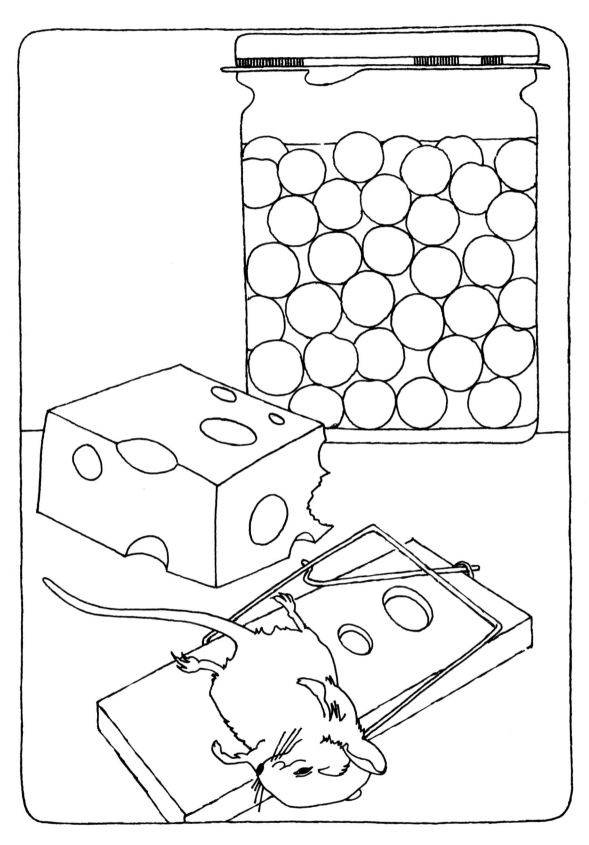

Der Junge mit der Mundharmonika

Einmal hatte ein Junge zum Geburtstag eine Mundharmonika bekommen. Darauf konnte man richtig Musik machen. Der Junge setzte sich gleich auf den Sessel im Wohnzimmer und begann, auf der Mundharmonika zu spielen. Er spielte und spielte.
Nach einer Weile sagte sein Vater: „Ich kann es nicht mehr hören!
Geh zur Mutti und spiele ihr beim Kochen etwas vor!"
Da ging der Junge mit seiner Mundharmonika zur Mutter in die Küche. Er spielte und spielte.
Nach einer Weile sagte seine Mutter: „Ich kann es nicht mehr hören!
Geh zur Oma und spiele ihr etwas vor!"
Da ging der Junge mit seiner Mundharmonika zur Oma. Die Oma saß im Garten und löste ein Kreuzworträtsel. Der Junge spielte und spielte.
Nach einer Weile sagte die Oma: „Ich kann es nicht mehr hören! Geh zum Opa und spiele ihm etwas vor!"
Da ging der Junge mit seiner Mundharmonika zum Opa. Der Opa putzte sein Auto. Der Junge spielte und spielte.
Nach einer Weile sagte der Opa: „Weißt du was! Geh in den Garten und spiele den Vögeln etwas vor!"
Da ging der Junge mit seiner Mundharmonika in den Garten. Er setzte sich auf den Rasen unter den Apfelbaum und spielte den Vögeln etwas vor. Er spielte und spielte.
Die Mutter rief zum Mittagessen. Der Junge hörte es nicht. Er spielte und spielte.
Da rief der Vater. Er konnte viel lauter rufen als die Mutter.
Der Junge hörte es nicht. Er spielte und spielte.
Da kamen sie alle in den Garten, um ihn zu holen. Die Mutter, der Vater, die Oma und der Opa.
Der Junge saß unter dem Apfelbaum und spielte auf seiner Mundharmonika.
„Hört euch das an!" sagte der Vater. „Er kann ja richtig spielen!"
Der Junge hatte gelernt, richtig auf der Mundharmonika zu spielen.
Er spielte „Hänschen klein" und „Alle meine Entchen". Er spielte „Fuchs, du hast die Gans gestohlen" und das „Lied von den Schlümpfen".
Die Großen wollten immer mehr hören. Sie waren so stolz auf ihren Jungen mit der Mundharmonika.
Als sie dann endlich alle ins Haus hineingingen, war das Essen kalt.

Die kleine Kira und ihre Freunde

Ingo und Tini hatten sich schon so lange einen kleinen Hund gewünscht. Aber immer hatten die Eltern gesagt: „Unsere Wohnung ist viel zu klein! Ein Hund braucht viel Platz. Er will laufen und rennen! Und wohin sollen wir ihn tun, wenn wir in Urlaub fahren?"
Tini hatte gemeint, daß die Großeltern den Hund bestimmt in den Ferien nehmen würden. Aber die Eltern hatten so viele Bedenken geäußert, daß die Kinder ganz traurig geworden waren.
Doch immer dann, wenn sie nach ihrem größten Wunsch gefragt wurden, dann sagten beide: „Wir wünschen uns so sehr einen kleinen Hund!"
Wie groß war die Überraschung, als der Vater einmal beim Abendessen sagte: „Wir haben es uns überlegt. Wir wollen einen kleinen Hund anschaffen. Ich habe ihn in der Tierhandlung bestellt. Übermorgen können wir ihn dort abholen."
Jetzt wollten die Kinder ganz genau wissen, was es für ein Hund sein sollte, woher er kommen und wie groß er sein würde. Doch die Eltern lachten nur und verrieten nichts.
„Laßt euch überraschen!" sagte die Mutter.
Am Freitag fuhren sie mit dem Auto zur Tierhandlung. Der Tierhändler brachte in einem Karton ein winziges braunes Tierchen an, das platt auf dem Bauch lag und ganz leise ängstlich fiepte. Ganz vorsichtig griff die Mutter in den Karton hinein und holte das Hündchen heraus. Es war nicht größer als ihre Hand. So legte sie es auf ihre Hand und drückte es ganz leicht an sich.
„Ein kleiner Pekinese!" sagte der Tierhändler. „Er ist noch sehr verschüchtert und ängstlich. Er hat eine lange Bahnfahrt hinter sich." Dann suchte er mit dem Vater einen Hundekorb und eine kleine Leine aus, dazu Hundefutter und einen Topf für Wasser und einen anderen für Futter.
Ingo und Tini streichelten das Hundebaby ganz zart mit einem Finger. „Es ist ein Hundemädchen. Es heißt Kira." sagte die Mutter leise. Dann reichte sie Ingo das kleine ängstliche Ding. Ganz, ganz vorsichtig nahm Inge es in seine Hand und drückte es leicht an sich.
„Es zittert ja!" sagte er besorgt.
„Ja, es hat große Angst. Wir müssen sehr lieb zu ihm sein, damit es sich schnell an uns gewöhnt!" meinte die Mutter.
Während der Autofahrt lag das Tierchen in Tinis Schoß. Es rührte sich nicht. Es fiepte nur leise.
Zu Hause polsterten sie den Hundekorb aus und legten die kleine Kira hinein. Das Tierchen verkroch sich in der allerhintersten Ecke. Die Kinder schütteten Hundefutter in den Topf. Sie füllten den anderen Topf mit frischem Wasser. Doch das Tierchen rührte sich nicht. Auch als sie es später aus dem Körbchen herausholten und vor das Futter setzten, fraß es nichts.
„Vielleicht hat es Heimweh!" sagte Tini leise.
„Morgen wird die kleine Kira bestimmt fressen!" tröstete der Vater.
Aber auch am nächsten Tag lag der kleine Hund wie ein Häufchen Elend in seinem Körbchen. Die Kinder waren ganz traurig. Sie hatten sich so auf den Hund gefreut.
Und nun schien das Hündchen krank zu sein.
Auch der Vater war unruhig. Er rief noch am Abend den Züchter an und fragte, was er tun sollte.
„Morgen wird die kleine Kira bestimmt fressen!" sagte der Züchter. „Das Tierchen vermißt seine Mutter und die anderen Hundewelpen. Dann hat es eine lange Fahrt im Zug hinter sich gebracht. Warten Sie bis morgen ab!"
Besorgt und bange gingen die Kinder am Abend ins Bett.
Als Ingo am nächsten Morgen die Küchentür öffnete, kam ihm die kleine Kira tollpatschig entgegen und wedelte mit ihrem winzigen Schwanz.

„Tini, komm schnell her!" rief Ingo glücklich. „Die Kira hat ihr Schüsselchen leergefressen!"
Und als Tini in die Küche kam, stellte sich der kleine Pekinese vor sie hin, verzog sein Mäulchen und bellte.
Es war ein hohes, winziges Bellen. Bestimmt würde die kleine Kira noch lange üben müssen, bis sie es richtig erlernte. Aber immerhin!
Die Eltern hatten es auch gehört. Alle standen nun um das winzige Hündchen herum und freuten sich. Noch mehr freuten sie sich aber, als die Mutter der kleinen Kira frisches Futter gab und der Pekinese sich sogleich darüber hermachte.
„Jetzt fühlt sie sich hier zu Hause!" sagte der Vater und war richtig erleichtert.
Sie standen um den Hund herum und freuten sich, daß es ihm schmeckte.
Danach nahm Tini die kleine Kira ganz vorsichtig auf ihren Arm und streichelte sie zart.
Da schnaufte das Hündchen zufrieden und drückte sein dickes Köpfchen ganz fest an Tini.
„Jetzt gehört er wirklich zu uns!" meinte Ingo glücklich.
Gut, daß Sonntag war. Sonst wären alle viel zu spät zur Schule und zur Arbeit gekommen.

Im Zoo

Leute, hört zu, dann staunt ihr nur so:
Ich war mit dem Peter am Sonntag im Zoo!

Ich hatte schon viel von Tieren gelesen,
aber richtig im Zoo war ich noch nicht gewesen.

Und Peter, der zeigte mir jedes Tier:
„Da, guck dir den an! Den Tiger hier!"

Die lustigen Affen, die hab ich gesehn.
Und bei den Giraffen, da blieben wir stehn.

Die Bären spielten gerade Haschen,
und die Elefanten wurden gewaschen.

Wir streichelten die wilden Ziegen
und sahen faul die Schlange liegen.

Das Löwenbaby hat gerade getrunken,
und bei den Wölfen hat es gestunken.

Sogar das Wildschwein hab ich gefüttert,
und meine Hand hat nicht gezittert.

Die Paviane haben gestritten.
Zum Schluß bin ich auf dem Pony geritten.

Der Peter ist prima. Er sagte mir:
„Am nächsten Sonntag sind wir wieder hier!"

Leute, hört zu, dann staunt ihr nur so:
Ich geh' mit dem Peter am Sonntag zum Zoo!

Ein seltsamer Wettlauf

Der Hase lachte die Schnecke aus: „Schaut die Schneck, schaut die Schneck! Kriecht und kommt doch nicht vom Fleck!"
Die Schnecke ärgerte sich. Deshalb sagte sie: „Manchmal komme ich vielleicht schneller vorwärts als du!"
Da schlug der Hase einen Wettlauf vor. Drüben an der großen Linde sollte das Ziel sein.
Die Schnecke machte sich auf den Weg. Ganz, ganz langsam kam sie voran. Der Hase lachte noch lauter, als er sie so langsam kriechen sah.
„Ein seltsamer Wettlauf!" sagte er. „Da kann ich mir viel Zeit lassen!"
Zuerst hielt er ein Mittagsschläfchen.
Dann lief er in den Garten vom Bauernhaus und fraß drei Möhren.
Dann machte er einen Ausflug zum Bach.
Dann schlug er sieben Purzelbäume.
Dann hielt er ein Schwätzchen mit dem Igel.
Dann fraß er von dem frischen Klee am Waldrand.
Dann hielt er wieder ein Schläfchen.
Dann schaute er im Garten des Forsthauses nach, wie weit der Kohl war.
Dann neckte er den Fuchs und lief ihm so schnell er konnte davon.
Dann ruhte er sich ein bißchen im Gebüsch aus.
Und dann fiel ihm der Wettlauf mit der Schnecke wieder ein.
Er lief zur großen Linde so schnell er nur konnte.
Aber da war die Schnecke längst am Ziel.
„Ich habe gewonnen!" rief sie und lachte den Hasen aus.

Der Reporter und die Hexe

Einmal erblickte ein Reporter tief im Wald ein Hexenhaus. Es war genau dasselbe Hexenhaus, von dem er schon als Kind gehört hatte. Die Wände waren aus Lebkuchen und Plätzchen, und das Dach war aus Schokolade und Marzipan. Der Reporter wollte es nicht glauben. Deshalb ging er ganz nah an das Hexenhaus heran. Er brach einen Lebkuchen ab und biß hinein.
Da tönte es aus dem Häuschen: „Knusper, knusper knäuschen, wer knuspert an meinem Häuschen?"
Und weil der Reporter das Märchen von Hänsel und Gretel kannte und außerdem sehr mutig war, rief er: „Der Wind, der Wind, das himmlische Kind!"
Da kam eine alte Hexe aus dem Häuschen heraus und winkte ihm freundlich zu.
„Bist du die böse Hexe, die Gretel in den Ofen gesteckt hat?" fragte der Reporter aufgeregt, ging aber keinen Schritt näher zu der Hexe hin.
Die Hexe nickte und meinte: „Ich war damals sehr unfreundlich zu den beiden Kindern. Fast wäre ich verbrannt. Zum Glück konnte ich durch den Schornstein flüchten."
Sie blickte den Reporter an und seufzte: „Ich habe viel darüber nachgedacht. Ich bin sehr böse gewesen. Aber seitdem habe ich versucht, eine gute Hexe zu sein!"
Die Hexe lud den Reporter ein, zu ihr in das Haus zu kommen. Sie wollte ihm das ganze Hexenhaus zeigen.
Der Reporter zögerte zuerst. Aber dann schaute er der alten Hexe in die Augen und sah, daß sie es ehrlich meinte. So ging er endlich mit ihr in das Hexenhaus hinein.
Von innen war das Hexenhaus noch viel schöner als von außen.
„Was soll ich dir herbeihexen?" fragte die Hexe.
Da wünschte sich der Reporter ein schickes Auto. Er dachte: Das kann die Hexe bestimmt nicht herbeihexen.
„Schau aus dem Fenster!" lachte die Hexe. Und wirklich! Da stand ein rotes neues Auto.
„Es gehört dir!" sagte die Hexe.
„Du bist wirklich nicht mehr die böse Hexe!" rief der Reporter.
„Darf ich dich knipsen? Dann werden die Bilder in der Zeitung abgedruckt!"
Die alte Hexe war einverstanden, lächelte aber heimlich.
Da knipste der Reporter die Hexe und das Hexenhaus. Er knipste jedes Zimmer. Er knipste auch das Haus von außen mit den Wänden aus Lebkuchen und Plätzchen und dem Dach aus Schokolade und Marzipan.
Dann bedankte er sich ganz herzlich und fuhr mit dem neuen Auto davon.
Als er zu Hause angekommen war, rief er sogleich die Zeitung an: „Ich habe Fotos von der alten Hexe geknipst. Es ist wirklich wahr! Ich bin ihr begegnet, und sie kann wirklich hexen!"
Als er aber dann den Fotoapparat öffnete und den Film entwickeln wollte, erschrak er sehr. Er hatte nämlich vergessen, einen Film in den Fotoapparat zu legen.
Jetzt holte er sich schnell einen neuen Film, lief zu dem neuen Auto und fuhr zurück in den Wald.
Aber so sehr er auch suchte, er konnte das Hexenhaus nicht mehr finden.
Wenn er den Leuten erzählte, was ihm passiert war, lachten sie ihn aus. Die Leute von der Zeitung waren sogar böse und sagten: „Du hast uns hereingelegt!"
Der Reporter aber wußte es besser. Woher sollte er sonst sein neues rotes Auto haben?
Sonntags fährt der Reporter oft in den Wald. Er achtet immer darauf, daß ein Film in dem Fotoapparat ist. Vielleicht begegnet er der alten Hexe doch noch einmal!

Heuhüpfer Heini

Eigentlich ist Heini ein netter Heuhüpfer. Aber er gibt gern ein bißchen an. Er ist besonders auf sein Springen eingebildet und meint, niemand könne es besser als er.
So hüpft Heuhüpfer Heini zum Frosch und schreit: „Wetten, ich kann höher hüpfen als du!"
„Gib nicht so an!" quakt der Frosch und springt bis zum nächsten Stein.
„Aufgepaßt!" schreit Heuhüpfer Heini und springt. Er springt viel, viel höher als der Frosch.
Dann hüpft Heuhüpfer Heini zum Eichhörnchen und schreit: „Wetten, ich kann höher hüpfen als du!"
„Gib nicht so an!" sagt das Eichhörnchen und springt bis zum nächsten Ast.
„Aufgepaßt!" schreit Heuhüpfer Heini und springt. Er springt viel, viel höher als das Eichhörnchen.
Dann hüpft Heuhüpfer Heini zum Hasen und schreit: „Wetten, ich kann höher hüpfen als du!"
„Gib nicht so an!" sagt der Hase und springt über den Graben.
„Aufgepaßt!" schreit Heuhüpfer Heini und springt. Er springt viel, viel höher als der Hase.
Dann hüpft Heuhüpfer Heini zum Pferd und schreit: „Wetten, ich kann höher hüpfen als du!"
„Gib nicht so an!" sagt das Pferd und springt über einen Zaun.
„Aufgepaßt!" schreit Heuhüpfer Heini. Er springt höher und höher und höher und höher und höher.....
Und jetzt müssen wir warten, bis Heuhüpfer Heini wieder herunterkommt.
Dann erzähle ich die Geschichte weiter.

Im Schwimmbad

Im Schwimmbad an der Wiese,
dort macht das Baden Spaß.
Da spritzt der Hans die Liese
ganz pitsche-patsche naß.

Am Sprungturm steht der Peter.
Der Junge, der hat Mut
Nun springt er wohl drei Meter
hinunter in die Flut.

Ulrike und Sabine,
die könnn's grad so fein.
Sie winken der Christine
und springen hinterdrein.

Dort auf der andern Seite,
da tobt die Wasserschlacht.
Der Ulrich sucht das Weite
und wird noch ausgelacht.

Der Günter hat gut lachen.
Er taucht bis auf den Grund
und findet schöne Sachen,
auch Steine, glatt und rund.

Das Schwimmen auf dem Rücken
sieht doch so einfach aus.
Dem Bruno will's nicht glücken.
Da zeigt es ihm der Klaus.

Im Gras kann man erblicken
den dicken Herbert auch.
Er liegt faul auf dem Rücken
und sonnt sich seinen Bauch.

Im Schwimmbad an der Wiese,
da badet groß und klein.
Und Hans sagt zu der Liese:
„Hier möcht' ich immer sein!"

Die Automaus

„Mit unserem Auto stimmt etwas nicht!" sagt Herr Wunderlich,
„Oweh!" seufzt seine Frau. „Bestimmt muß es wieder in die Werkstatt. Und das kostet viel Geld!"
Herr Wunderlich schüttelt den Kopf. „Es ist alles in Ordnung. Wenn das Auto fährt, höre ich kein störendes Geräusch. Aber wenn ich anhalte, dann raschelt und knistert es, gerade so, als ob eine Maus im Auto wäre."
„Das ist ausgeschlossen!" sagt Frau Wunderlich. „Wie soll eine Maus in unser Auto kommen?"
„Wer weiß!" meint Herr Wunderlich und denkt lange nach.
Kristina und Ingo lachen laut, als ihr Vater tatsächlich eine Mausefalle vor dem Beifahrersitz im Auto aufstellt. „Lacht nicht!" sagt Herr Wunderlich. „Ihr eßt Kekse, Schokolade und Brötchen im Auto. Wie oft liegen Krümel auf dem Rücksitz. Da kann eine Maus schon von leben!"
Doch am nächsten Morgen ist die Falle leer. Herr Wunderlich meint: „Entweder habe ich mich geirrt, oder die Maus ist schlauer als ich!"
In den Pfingstferien fahren Wunderlichs mit dem Auto in den Bayerischen Wald.
Sie halten auf einem schattigen Rastplatz an. Frau Wunderlich hat einen schweren Picknickkorb mitgenommen. Dazu Limonade und gesüßten Tee. Ingo und Kristina helfen beim Auspacken. Dann futtern alle munter drauflos.
Plätzlich sitzt Ingo mit offenem Mund da.
„Schmeckt es nicht?" fragt Frau Wunderlich. Ingo schüttelt den Kopf und starrt an Frau Wunderlich vorbei. „Ist was?" fragt Kristina.
„Da, schaut nur!" flüstert Ingo und deutet mit seinem Zeigefinger auf das Auto.
Weil es so warm im Wagen war, hat Herr Wunderlich die Tür offenstehen lassen. Es ist nicht zu glauben, aber genau dort, wo Frau Wunderlich sonst ihre Füße hat, sitzt ein Mäuschen, macht Männchen und schaut neugierig aus dem Wagen heraus.
Die Wunderlichs sitzen wie erstarrt. Das Mäuschen mustert mit seinen schwarzen Perlaugen die nächste Umgebung. Dann läßt es sich auf seine Vorderpfötchen nieder, nähert sich dem Ausgang und klettert unversehens aus dem Auto heraus. Blitzschnell saust es über den Rasen und hat ebenso schnell einen Kekskrümel aufgeschnappt, der neben Kristinas Schuh lag.
Jetzt prusten alle los. Das Mäuschen erschrickt. Es macht eilends kehrt und ist im nächsten Augenblick verschwunden.
Alle suchen. Im Gras, unter der Decke, im nahen Wald, unter dem Auto, im Picknickkorb. Es ist nichts zu entdecken. Nur Frau Wunderlich findet kleine Mäuseknittel unter dem Fahrersitz.
„Ist die Maus jetzt wieder im Auto?" fragt Kristina, als endlich alles eingeräumt ist und Herr Wunderlich den Wagen startet. Herr Wunderlich zuckt mit den Schultern. „Wer weiß?" sagt er und denkt lange nach. Ingo lacht und zählt auf: „Du warst mit dem Auto in München und in Hamburg, in Frankfurt und in Nürnberg, einmal sogar in Amsterdam. Vielleicht hattest du immer einen heimlichen Mitfahrer. Vielleicht war die kleine Maus sogar mit in Holland.
Und das ohne alle Papiere!"

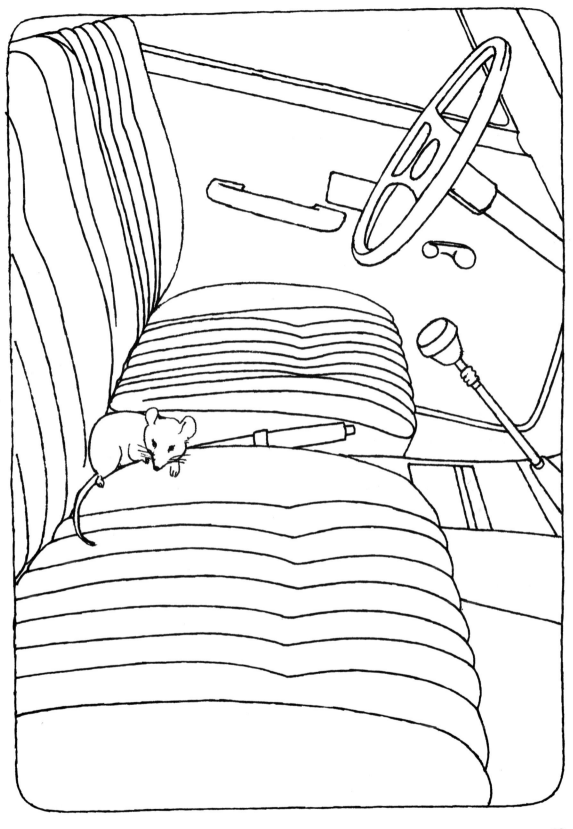

Zwerge und Trolle im Wald

Im dunklen Wald, wo die Fichten stehn,
zwischen Farn, Wacholder und Stein,
dort kannst du manchmal die Trolle sehn,
doch mußt du recht leise sein.

Paß auf, daß kein Zweig kracht unter dem Tritt,
kein Stein sich löst von dem Steg!
Geh vorsichtig und mit ganz leisem Schritt,
dann zeige ich dir den Weg!

Du darfst nicht reden! Kein einziges Wort!
Doch halte die Augen auf!
Wenn sie dich hören, laufen sie fort!
Mein Ehrenwort darauf!

Zwischen Fichten. Dort, wo die Schatten groß,
in den Wipfeln spielt leis der Wind,
bleib' ruhig stehn auf dem weichen Moos,
weil ganz nah die Trolle dann sind.

Hock dich behutsam hinter den Stein.
Paß auf, daß man dich nicht entdeckt!
Bei Trollen muß man vorsichtig sein,
damit man sie nicht erschreckt!

Schau nach links, nach rechts, schau geradeaus...
Dort drüben hinter den Strauch....
Gleich treten sie zwischen den Bäumen heraus...
Sie kommen! Merkst du es auch?

Was ist los? Was soll dein lautes Geschrei?
Hinterm Fichtenstamm soll einer stehn?
Schau, schon ist der ganze Zauber vorbei,
und du wirst keine Trolle mehr sehn!

Der kleine rote Ball

Bärbel hatte zum Geburtstag einen kleinen roten Ball bekommen. Sie freute sich sehr darüber. Am Nachmittag spielte sie mit ihren Freundinnen mit dem Ball. Aber dann vergaß sie ihn. So blieb der kleine rote Ball am Abend im Rinnstein liegen.
Da gefiel es ihm überhaupt nicht. Deshalb rollte er rumdibum davon. Er rollte die Straße herunter. Immer weiter und weiter. Er rollte bis zum Stadion. Da trainierten die Fußballspieler bei Flutlicht. Sie liefen hinter einem dicken Fußball her und versuchten, ihn ins Tor zu treten.
Ein Ball ist viel zu wenig, dachte der kleine rote Ball und rollte rumdibum auf das Spielfeld. Die Spieler staunten. Was sollten sie mit dem kleinen roten Ball anfangen? Ein Spieler aber gab dem kleinen roten Ball einen Tritt, daß er über die Mauer flog. Der kleine rote Ball landete mitten auf einer Wiese. Da gefiel es ihm überhaupt nicht.
Deshalb rollte er rumdibum hinunter zum Bach und plumpste hinein.
Da kamen die Fische herbeigeschwommen und spielen mit ihren Mäulern Fangball. Das gefiel dem kleinen roten Ball. Die Fische spielten so lange mit ihm, bis sie müde wurden. Dann schwammen sie davon.
Der kleine rote Ball ließ sich vom Wasser treiben.
Am nächsten Morgen sprang er rumdibum aus dem Wasser. Er rollte rumdibum über die Wiese, bis er zu einem Bauernhof kam. Im Bauernhof wohnte der kleine Tim.
Tim hatte gerade gefrühstückt und kam nun aus der Tür heraus. Als er den kleinen roten Ball sah, quietschte er vor Freude. Er sprang auf ihn los, nahm ihn in die Hände, warf ihn hoch in die Luft und suchte solange, bis er ihn wieder gefunden hatte. Den ganzen Morgen spielte Tim mit dem kleinen roten Ball. Aber dann holte ihn seine Mutter, setzte ihn hinten in das Auto und fuhr mit ihm zum Einkaufen. Der kleine rote Ball blieb allein zurück. Das gefiel ihm überhaupt nicht. Deshalb rollte er rumdibum davon. Er rollte über den Feldweg. Er rollte über die Landstraße und rollte schließlich in die Stadt hinein.
Da packte ihn ein Hund. Der Hund schleppte den kleinen roten Ball in seinem Maul bis zu seiner Hundehütte. In der Hundehütte waren fünf junge Hunde. Als sie den kleinen roten Ball erblickten, jaulten sie vor Freude. Sie spielten mit dem Ball und tobten mit ihm herum. Aber junge Hunde werden schnell müde. So krochen sie nach einer Weile in die Hundehütte und schliefen ein. Das gefiel dem kleinen roten Ball überhaupt nicht. Deshalb rollte er rumdibum davon. Er rollte immer weiter durch die Stadt.
Da erblickte ihn der Mann aus dem Spielzeugladen. Blitzschnell sprang er aus seiner Ladentür heraus, packte den kleinen roten Ball und trug ihn hinein in sein Geschäft. Er setzte ihn mitten in sein Schaufenster hinein.
Da gefiel es dem kleinen roten Ball überhaupt nicht. Aber was sollte er machen? Er konnte nicht davonlaufen.
Da sitzt er immer noch. Vielleicht bekommst du ihn zum Geburtstag.
Aber paß auf, sonst läuft er dir rumdibum davon.

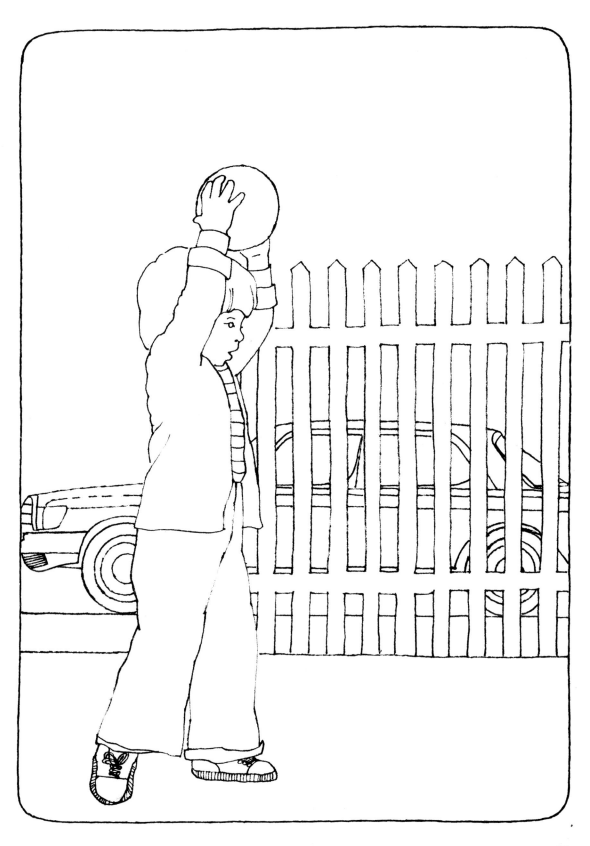

Zwei haben Angst

Beim Abendessen sagt Mutter: „In unserem Keller ist eine Maus!" Vater glaubt es nicht. Er meint: „Die Kellertür war doch immer zu!" Da zeigt ihm Mutter einen Apfel. Ganz deutlich können alle sehen, daß hier jemand genascht hat.
Frieder sagt: „Diesmal bin ich es aber nicht gewesen. So kleine Zähne habe ich nicht!"
Und die kleine Brigitte erklärt: „Ich gehe nicht mehr in den Keller!"
Frieder lacht: „Du Angsthase! Du hast Angst vor einer kleinen Maus!"
Nach dem Essen holt Vater eine Mausefalle. Frieder schneidet ein Stückchen Speck ab. Das legt er vorsichtig in die Falle. Dann gehen Vater und Frieder in den Keller. Später sagen sie: „Wir haben die Falle im Keller unter den Tisch gestellt. Vielleicht fangen wir heute nacht schon die freche Maus!"
Brigitte liegt noch lange wach in ihren Bett. Sie kann nicht einschlafen. Immer wieder muß sie an die kleine Maus denken. Sie hat wirklich Angst vor Mäusen. Sie möchte nie allein einer Maus begegnen. Und doch hat sie großes Mitleid mit der Maus im Keller. Ob es sehr wehtut, wenn die Falle plötzlich zuschnappt?
Frieder ist schon lange in seinem Bett eingeschlafen. Brigitte ist noch immer wach. Sie sagt leise: „Die arme, kleine Maus!"
Am nächsten Morgen muß Frieder früh zur Schule. Vater geht auch zur Arbeit. Nur Brigitte darf noch etwas bei ihrer Mutter bleiben. Sie muß erst um zehn Uhr in der Schule sein.
Sie fragt leise: „Können wir im Keller nach der Maus sehen?" Mutter nickt. Sie glaubt nicht, daß die Maus schon gefangen ist. Brigitte wünscht sich, daß die Falle leer ist.
Doch was ist das? Ein graues Mäuschen sitzt vor der Falle. Mit seinen kleinen, schwarzen Augen schaut es ängstlich zu den beiden großen Leuten hinauf. Warum läuft es nicht fort? Die Falle ist zugeschlagen, und sein Schwänzchen ist eingeklemmt.
„Was sollen wir nur machen?" fragt die Mutter.
Da nimmt die kleine Brigitte das Mäuschen ganz einfach in ihre Hand und hält es fest. Mutter befreit vorsichtig das Schwänzchen aus der Falle. Dann trägt Brigitte die kleine Maus in den Garten und läßt sie frei.
Als Brigitte zurückkommt, wundert sich ihre Mutter: „Du hast doch Angst vor Mäusen!"
„Jetzt nicht mehr!" sagt Brigitte.

Als die Schildkröte einmal geflogen war

Zwei Gänse wohnten an einem kleinen Teich und waren gut befreundet mit einer Schildkröte. Als die Sonne den Teich austrocknete, wollten sich die Gänse eine neue Heimat suchen. Deshalb kamen sie zu der Schildkröte, um von ihr Abschied zu nehmen.
Als die Schildkröte hörte, daß sie nun ganz allein bleiben sollte, bettelte sie: „Nehmt mich doch mit! Ich sterbe hier vor Heimweh nach euch!"
Die Gänse überlegten lange, wie sie das schwere Tier durch die Luft tragen sollten. Schließlich suchten sie einen langen Stock, und jede Gans nahm ihn an einem Ende in den Schnabel. Die Schildkröte mußte sich in der Mitte des Stockes festbeißen.
Bevor sie abflogen, sagten die Gänse zu ihr: „Du darfst nun kein Wort sprechen, sonst fällst du herunter. Dann können wir dir nicht mehr helfen!"
Die Schildkröte nickte mit dem Kopf und war einverstanden.
Dann flogen die Gänse mit der Schildkröte los.
Sie flogen über den Wald und über eine Wiese. Auf der Wiese waren die Bauern dabei, das Gras zu mähen. Als sie die fliegende Schildkröte entdeckten, lachten sie laut und riefen: „Schaut euch nur an, was die Gänse für ein Ungeheuer mit sich schleppen!"
Die Schildkröte ärgerte sich so über das dumme Gelächter, daß sie rufen wollte: „Ihr dummen Holzköpfe, wenn ihr doch vor Dummheit sterben würdet!"
Doch kaum hatte sie ihr Maul aufgetan, da entglitt ihr der Stock, und sie stürzte in die Tiefe.

Der kleine Zauberer

Es war einmal ein Zauberer, der so klein war, daß alle anderen großen Zauberer sich über ihn lustig machten. Sie lachten ihn aus und riefen: „Wer so klein ist, kann bestimmt nicht gut zaubern, sonst hätte er sich selbst schon längst viel größer gezaubert!"
Der kleine Zauberer ärgerte sich furchtbar. Besonders ärgerte er sich deshalb, weil die großen Zauberer eigentlich recht hatten. Er hatte schon so oft versucht, sich selbst größer zu zaubern, aber es war ihm nie gelungen. Auch seine Zaubertricks waren immer nur so klein, daß man ganz genau hinsehen mußte, um zu bemerken, daß er gezaubert hatte. Als es die großen Zauberer einmal wieder gar zu schlimm mit ihm trieben, lief er davon und beschloß, nie mehr zu zaubern.
Er versteckte sich tief im Wald, setzte sich unter eine kleine Fichte und weinte bitterlich. Als er lange Zeit dagesessen hatte, setzte sich plötzlich ein kleiner Vogel auf seinen rechten Schuh. Der Vogel sah ihn treuherzig an und piepte: „Dich kenne ich doch! Du bist doch der kleine Zauberer, der immer kleine Zaubertricks kennt!"
Der kleine Zauberer wischte sich über die Augen und sagte: „Ich zaubere nicht mehr. Meine Zaubertricks sind so klein, daß sie niemand bemerkt.
Da lohnt sich das Zaubern überhaupt nicht!"
„Große Zaubertricks mag ich nicht so sehr." meinte der Vogel. „Aber wenn du mir mit einem winzigkleinen Zaubertrick helfen könntest, dann wäre ich dir sehr dankbar!"
Jetzt wurde der kleine Zauberer doch neugierig. „Was soll ich denn tun?" fragte er.
Da jammerte der Vogel: „Wir haben uns beim Nestbauen so beeilen müssen. Da ist es uns nicht richtig geraten. Und als meine Frau ihr erstes Ei hineingelegt hat, ist es unten durchgeplumpst. Jetzt liegt unser Ei auf dem weichen Moss. Es ist ganz heil. Aber wir können es nicht in das Nest zurücktragen!"
Da hatte der kleine Zauberer großes Mitleid mit dem Vogel. Er ließ sich das Vogelei im Moos zeigen. Dann holte er seinen kleinen Zauberstab aus der Tasche und rief:
„Eins, zwei drei!
Das kleine Ei
liegt gleich ganz fest
im Vogelnest!"
Und wirklich! Im selben Augenblick lag das Vogelei wieder geborgen im Nest, und die Vogelmutter setzte sich sogleich darauf, um es auszubrüten. Und weil ihm das Zaubern so viel Spaß gemacht hatte, zauberte der kleine Zauberer das Nest so fest, daß kein Ei mehr hindurchplumpsen konnte. Der Vogel dankte dem kleinen Zauberer ganz herzlich. Der kleine Zauberer aber merkte, daß auch kleine Zaubertricks viel Freude bereiten können. So zauberte er weiter. Und er war wieder richtig gut gelaunt.

Roller fahren

„Roller fahren, das macht Freude!"
sagen alle kleinen Leute.
„Man gibt mit dem Füßen Gas.
Roller fahren, das macht Spaß!"

Schaut, was ist denn heute los?
Alle stehn und staunen bloß.
Günter Stahl und Gerhard Boller
fahren los mit ihrem Roller.
Seht, dort startet Rudi Klein!
Wer wird wohl am schnellsten sein?

Geradeaus, das geht im Nu.
Alle Kinder schauen zu.
Selbst die Großen bleiben stehn,
denn das wollen alle sehn.
Durch die Straßen braust's daher
schneller als die Feuerwehr.

Gerda, Lilo und Marie
rufen laut: „Da kommen sie!
Schaut doch nur den Rudi an,
der fährt einen tollen Zahn!"
Doch oweh, ein Schrei! Ein Knall!
Dann gibt's einen harten Fall.

Ach, wer wird denn da gleich weinen!
Rudi ist schon auf den Beinen
und saust weiter, eins, zwei, drei ...
Seht, da ist er schon vorbei!
Und im Endspurt zeigt er dann
allen, wie er rollern kann.

Günter hat das Ziel erreicht.
Das war wirklich kinderleicht!
Seht, sogar der Rudi Klein
holte noch den Gerhard ein.
Jetzt geht es von vorne an.
Nun sind Heinz und Helmut dran.

„Roller fahren, das macht Freude!"
sagen alle kleinen Leute.
„Man gibt mit den Füßen Gas.
Roller fahren, das macht Spaß!"

Der Drachenbrief

Im Herbst hatte der Vater mit seinen Kindern einen großen Drachen gebaut. Auf dem Feld ließen sie ihn steigen.
Es war ein wunderschöner Drachen. Er lachte lustig und hatte Ohren und einen langen Schwanz. Die Leute, die vorüberkamen, blieben stehen und schauten in die Luft. Der Drachen stand ganz hoch am Himmel. Sein bunter Schwanz flatterte im Wind.
„Wollen wir ihm einen Brief hinaufschicken?" fragte der Vater.
Mario fand in seiner Hosentasche ein Stück Papier.
Der Vater drückte mit dem Daumen mitten in das Papier ein Loch hinein und sagte: „Wir stecken den Brief auf das Drachenseil. Paßt auf, dann steigt er von selbst zu ihm hinauf!"
Die Kinder wollten es nicht glauben.
Doch der Vater sagte sicher: „Das haben wir früher auch immer so gemacht. Früher, als ich so alt war wie ihr!"
„Dann will ich dem Drachen aber auch einen Gruß schreiben!" rief Tini und suchte nach einem Kugelschreiber in ihrer Jacke.
Mario mußte sich bücken. Tini legte den Brief auf seinen Rücken und schrieb:
    „Lieber Drachen!
    Wie geht es Dir dort oben?
    Herzliche Grüße
    Tini und Mario
Sie gaben dem Vater den Brief. Er steckte in auf das Drachenseil. Und wirklich! Ganz langsam stieg der Brief an dem Seil nach oben. Immer höher und höher. Der Brief wurde immer kleiner. Fast war er nicht mehr zu sehen.
„Jetzt wird unser Drachen den Brief lesen!" sagte der Vater und lachte.
Aber dann geschah etwas ganz Seltsames. Mario entdeckte es zuerst: Der Brief kam langsam wieder an dem Drachenseil herunter.
„Das gibt es doch nicht!" rief der Vater erstaunt.
Jetzt war der Brief schon ganz nah. Mario griff nach ihm und riß ihn vom Seil. Ja, es war der Brief, den die Kinder hinaufgeschickt hatten. Aber auf der Rückseite des Papiers stand:
    Liebe Tini, lieber Mario!
    Mir geht es gut hier oben!
    Herzliche Grüße
    Euer Drachen.
„Das gibt es doch nicht!" rief der Vater und kratzte sich am Kopf. Er schaute ganz mißtrauisch zu dem Drachen hinauf.
Doch der stand ganz ruhig hoch am Himmel. Sein bunter Schwanz flatterte im Wind.

Hund und Katze

Einmal kamen viele Tiere zusammen, um Wichtiges zu beraten.
Es fehlte nur noch der Elefant.
Da schickten sie den Hund los. Er sollte den Elefant holen. Der Hund hatte noch nie einen Elefanten gesehen. Deshalb befürchtete er, daß er ihn nicht erkennen würde.
Doch die Tiere erklärten ihm: „Du wirst ihn ganz leicht erkennen. Er hat einen Buckel auf seinem Rücken!"
„Ja, da kenne ich ihn!" rief der Hund glücklich und lief gleich davon.
Schon bald traf er die Katze. Die Katze hatte geschlafen. Jetzt streckte sie sich und machte auch einen Buckel.
Sogleich lief der Hund zu ihr hin und sagte: „Komm doch bitte ganz schnell mit mir. Viele Tiere sind zusammengekommen. Sie wollen Wichtiges beraten. Alle warten schon auf dich!"
„Wenn das so ist, komme ich mit!" meinte die Katze und lief hinter dem Hund her.
Als sie zu den anderen Tieren kamen, rief der Hund stolz: „Ich habe ihn gefunden! Hier bringe ich euch den Elefant!"
Und er stellte die Katze mit dem Buckel vor.
Zuerst ärgerten sich die Tiere. Dann lachten sie den Hund aus. Sie lachten auch die Kazte aus. Sie lachten so laut, daß Hund und Katze vor Scham und Ärger davonliefen, jeder in eine andere Richtung. Seitdem können sich Hund und Katze nicht mehr leiden. Sie werden böse, wenn sie sich nur sehen.

Erster Abschied

Seit sie zurückdenken konnten, hatten sie nebeneinander gewohnt, nur durch den Flur getrennt. Sie waren zusammen in den Kindergarten gegangen und waren auch zusammen in einer Klasse. Jeden Geburtstag hatten sie zusammen gefeiert. Und nach der Bescherung am Heiligen Abend hatten sie sich noch gegenseitig besucht, um die neuen Geschenke auszuprobieren.
Da sollte jetzt alles anders werden.
Tonias Eltern hatten in der Vorstadt ein Haus gekauft. Die vielen Vorbereitungen hatte Sylvia mitbekommen. Sie hatte zugehört, wenn geplant wurde. Sie hatte geholfen, die Sachen zu verpacken und das auszusortieren, was in der neuen Wohnung nicht mehr gebraucht wurde. Aber immer dauerte es noch Tage, bis der endgültige Abschied bevorstand.
Tonia und Sylvia wurden sich erst jetzt bewußt, was das bedeutete. Tonias Vater war mit seinem Auto bereits zur neuen Wohnung gefahren. Jetzt fuhr auch der Möbelwagen los.
Tonias Mutter verabschiedete sich von den Hausbewohnern. Tonia hielt die Reisetasche in der Hand. Sie wollte zusammen mit der Mutter in der S-Bahn fahren. Dann verabschiedete sie sich von allen, von Herrn und Frau Krämer, von der alten Frau Reining, von Petermanns, von Dentlers und von Beate, Astrid und dem kleinen Dieter. Sie drückte die kleine Steffi ganz fest. Obwohl sie sooft auf die Kleinen geschimpft hatte, merkte sie jetzt, wie schwer es ihr fiel, von allen Abschied zu nehmen.
Sylvia stand still neben ihr. Sie hatte sich ihren Mantel angezogen. Sie nahm einen Henkel der Reisetasche und sagte: „Ich begleite euch zum S-Bahnhof!"
Als sie das Haus verließen, winkten ihnen alle so lange nach, bis sie sich nicht mehr sehen konnten.
Schweigend gingen Sylvia und Tonia nebeneinander her.
Sie sprachen auch nicht, als Tonias Mutter die Karten löste. Sie schauten sich nur an.
Dann gingen sie zum Bahnsteig und warteten auf den Zug.
„Wie lange fahrt ihr?" fragte Sylvia.
„In einer halben Stunde sind wir draußen!"
Zischend und ratternd fuhr die S-Bahn ein.
Tonias Mutter reichte Sylvia die Hand. Dann legte sie den Arm um sie. Der Lärm auf dem Bahnsteig war so stark, daß sie brüllen mußte, um sich verständlich zu machen: „Sylvia, du versprichst uns, daß du uns oft besuchst! Du kannst immer kommen! Du kennst ja unsere neue Anschrift!"
Trotzdem drückte sie Sylvia einen Zettel in die Hand.
Dann mußten sie sich beeilen, weil der Zug nur sehr kurze Zeit hielt. Es reichte gerade noch, daß Sylvia Tonia zuwinken konnte. Dann war sie auch schon von den vielen Leuten, die alle mitfahren wollten, in den Wagen gedrängt.
Die Türen schlossen sich. Der Zug ruckte an und fuhr los. Seine Geschwindigkeit steigerte sich zusehends. Schon sah man nur noch den letzten Wagen ... und dann nur noch das Schlußlicht.
Sylvia stand lange und starrte in die Richtung, in der der Zug verschwunden war. Dann ging sie langsam zurück. Sie hielt den Zettel krampfhaft in ihrer Hand. Ab morgen würde alles anders sein. Tonia würde eine andere Schule besuchen. In der vertrauten Wohnung gegenüber würden andere Leute wohnen. Ab morgen würde sich vieles verändern.
Ab morgen? Ab heute schon. Jetzt, jetzt war schon alles anders!
An diesem Tag kam Sylvia sehr spät nach Hause.

Das Postamt spielt verrückt

In unserm Postamt ist was los.
Da staunt ein jedermann:
Ein Mann in roter Uniform
streicht Postautos grün an.

Auf ein Paket klebt Fräulein Reh
zehn Mark in einem Schein.
Sie geht zum Briefkasten und steckt
dort das Paket hinein.

Die Rückseite des Briefumschlags
gefällt Herrn Dietrich sehr.
Drum klebt er dort das Porto auf.
Fünf Briefmarken und mehr.

Die Zelle mit dem Telefon
ist von Frau Sturm besetzt.
Sie zeigt den Müllers in Berlin
Familienfotos jetzt.

„Das Telegramm, geehrter Herr,"
sagt Postbeamter Klein,
„gehört doch in den Briefkasten!
Dort stecken sie es ein!"

Den Koffer stellt ins Postschließfach
der Herr Vertreter Schmidt.
Er nimmt erst übermorgenfrüh
den Koffer wieder mit.

Zum Schalter geht Frau Tettendorf
mit einem Blumenstrauß
Sie schickt die Blumen als Paket
zu ihrem Neffen Klaus.

Das Postamt spielt total verrückt.
Was vorher nie geschah:
Durch's Postamt tönt des Posthorns Ton:
„Die Schneckenpost ist da!"

Hier stimmt was nicht! Hier stimmt was nicht!"
sagt Oberpostrat Mey.
Er rennt zum nächsten Briefkasten
und ruft die Polizei.

Die Bonbons im Briefkasten

Als der Postbote einmal den Briefkasten leerte, fand er zwischen den Briefen ein eingepacktes Sahnebonbon. Der Postbote wunderte sich und dachte an einen dummen Scherz. Aber weil er gerade Lust auf ein Bonbon hatte, wickelte er das Sahnebonbon aus und steckte es in den Mund. Dann vergaß er die Sache.

Am nächsten Tag, als der Postbote den Briefkasten leerte, fand er wieder ein Bonbon zwischen den Briefen. Komisch, dachte der Postbote. Er wickelte das Bonbon aus und ließ es sich schmecken. Am dritten Tag wartete der Postbote schon ein bißchen darauf, daß wieder ein Bonbon im Briefkasten liegen würde. Und wirklich! Diesmal war es ein Schokoladenbonbon. Da freute sich der Postbote, denn Schokoladenbonbons aß er besonders gern.

In den folgenden Tagen lag immer, wenn der Postbote den Briefkasten leerte, ein Bonbon zwischen den Briefen. Einmal ein Sahnebonbon, dann ein Himbeerbonbon, ein Zitronebonbon und ein Malzbonbon. Jetzt wollte der Postbote aber gar zu gern wissen, wer wohl die Bonbons immer in den Briefkasten warf. Deshalb fuhr er mit dem gelben Postauto, so oft er konnte, an dem Briefkasten vorbei. Wenn er einmal eine Pause hatte, stellte er sich in die Nähe des Briefkastens und beobachtete ihn ganz genau.

Er beobachtete dicke und dünne Leute, Männer und Frauen, die dicke und dünne Briefe in den Briefkasten warfen. Aber daß jemand ein Bonbon in den Briefkasten warf, das beobachtete er nicht. Doch als er dann den Briefkasten leerte, lag wieder ein Bonbon zwischen den Briefen. Diesmal war es ein Erdbeerbonbon.

Der Postbote wurde immer neugieriger. Er schaute immer häufiger nach, wer Briefe in den Briefkasten warf. Aber er hatte kein Glück. Als er endlich den Briefkasten leerte, lag ein Gummibärchen zwischen den Briefen.

Endlich an einem Sonntag erblickte er einen kleinen mongoloiden Jungen. Der Junge kam aus der Tür des Nachbarhauses und ging schnurstracks auf den Briefkasten zu. Er trug keinen Brief in der Hand. Dafür aber einen großen roten Dauerlutscher. Er hob die Briefklappe hoch und warf eins, zwei, drei, den Dauerlutscher in den Briefschlitz.

„Hallo!" rief der Postbote und lief zu dem Jungen. „Warum hast du deinen Dauerlutscher dort hineingeworfen?" fragte er und zeigte auf den Briefkasten.

Der kleine Junge schaute ihn mit großen Augen freundlich an und sagte: „Vielleicht bekomme ich auch einmal einen Brief, wenn ich ihn ordentlich füttere!"

Zuerst mußte der Postbote lachen. Aber dann fragte er ernsthaft nach dem Namen des Jungen. Der kleine Junge wußte sogar seine vollständige Adresse, Straße und Hausnummer.

„Ich werde mich darum kümmern!" sagte der Postbote und winkte dem kleinen Jungen freundlich zu.

Am Abend schrieb er einen Brief an den Jungen. Er malte sogar ein Bild dazu, weil es sein konnte, daß der Junge seinen Brief gar nicht lesen konnte.

Und als er den Jungen am nächsten Tag wieder sah, sagte er freundlich zu ihm: „Du brauchst den Briefkasten nicht mehr zu füttern. Ich glaube, daß du bald Post bekommst. Vielleicht schon heute!"

Dann holte er aus seiner Hosentasche ein Päckchen Gummibärchen heraus und schenkte es dem Jungen.

An diesem Tag war der Postbote ganz besonders gut gelaunt.

Eine Einladung

Um drei Uhr sollte Kristinas Geburtstagsfeier beginnen. Schon nach dem Mittagessen war Andreas aufgeregt. Für ihn war es das erstemal, daß er von einem Mädchen eingeladen wurde. Obwohl er immer so tat, als würden ihn Mädchen ganz und gar nicht interessieren, hatte er sich doch heimlich einen solchen Augenblick immer herbeigewünscht.
Andreas hatte sich schöne Gedanken gemacht, wie er Kristina gegenübertreten wollte. Er hatte geträumt und geträumt. Dabei hatte er Kristina schon als seine Braut, ja sogar als seine Frau gesehen. Er war der Beschützer, der dem Mädchen in jeder Gefahr half. Er wollte sie gegen ihre Eltern und gegen ihre großen wilden Brüder verteidigen.
Hatte sie überhaupt Brüder?
Andreas wußte es nicht. Doch in seinen Gedanken spielten sie eine ungeheure Rolle, weil er ja Kristina gegen sie verteidigen wollte. Natürlich durften auch die Klassenkameraden nicht an Kristina heran. Höchstens Stephan, seinem besten Freund, würde er gestatten, manchmal mit ihr zu sprechen. Irgendwie mußte er ja seinem Freund entgegenkommen.
Er träumte davon, daß er viel Geld hätte. Jeden Tag ging er mit Kristina zum Rummelplatz. Er probierte mit ihr ein Karussell nach dem anderen aus. Und nach jeder Fahrt spendierte er Eis oder heiße Würstchen mit Pommes frites. Vielleicht würde er auch Stephan einmal dazu einladen. Dann gingen sie zusammen in die Pizzeria und würden Pizza essen, bis sie sich nicht mehr bewegen könnten. Und Wein würden sie trinken. Besten italienischen Rotwein!
Von Spaziergängen träumte Andreas. Er hatte Kristinas Hand gefaßt und sie lächelte glücklich.
Selbst in der Schule ertappte Andreas sich dabei, daß er von Kristina träumte. In Gedanken hatte er ihr einen Liebesnamen gegeben. Diesen Namen würde er nie verraten. Er war sein Eigentum. Nur wenn er sich ganz allein mit Kristina fühlte, sprach er ihn leise vor sich hin: „Tini!"
Die Mutter wunderte sich heute nur. Andreas war eifrig dabei, seine Haare zu bürsten und zu kämmen. Er war sogar freiwillig unter der Dusche gewesen. Jetzt bearbeitete er so eifrig seine Fingernägel, daß die nun entstandene Reinlichkeit bestimmt für ein halbes Jahr vorhalten mußte.
„Soll ich einen Schlips anziehen?" fragte Andreas.
„Du hast doch in deinem ganzen Leben noch keinen Schlips getragen!" lachte seine Mutter. „Da muß erst eine junge Dame kommen, damit unser kleiner Andreas zu einem richtigen Herrn wird!"
Andreas war empört. Er trat vor Wut auf den Boden „Quatsch! Quatsch!" rief er und suchte nun nach seinem weißen Rollkragenpullover im Schrank.
Die Mutter hatte sich noch immer nicht beruhigt. „Ich weiß nicht einmal, ob dein Vater überhaupt noch einen Schlips besitzt! Als wir uns zum erstenmal trafen, trug er auch so ein Ding! Junge, du bist doch nicht etwa verliebt?"
Andreas Gesicht flammte dunkelrot auf. Er verschluckte sich fast vor Empörung. Zum Glück läutete in diesem Augenblick Stephan an der Tür, um Andreas abzuholen.
Als Mutter die Blumen sah, die Stephan verschämt mit der linken Hand hinter seinem Rücken hielt, fragte sie: „Bist du etwa auch in Kristina verliebt?"
Ein doppelter empörter Aufschrei folgte.
„Ihr seid mir vielleicht Gauner!" lachte Mutter und stieß die beiden Jungen leicht mit den Köpfen zusammen. Es gluckerte nur so aus ihr heraus.
Empört machten sich die beiden los. Und vereint schrien sie wütend: „Wir haben uns gerade gekämmt!" Dann balgten sich beide um Bürste und Kamm.
Zwei schüchterne, liebenswürdige und überaus adrett herausgeputzte junge Herren klingelten eine halbe Stunde später an Kristinas Wohnungstür. Sie waren so schüchtern, daß sie drei-

mal auf den betreffenden Klingelknopf drücken mußten, bevor im Innern der Wohnung der Gong überhaupt anschlug.
Mit klopfendem Herzen warteten sie dann auf Kristina.

Das arme kleine Gespenst

Ein kleines Gespenst
war sehr verzagt.
Es weckte mich nachts
und hat sich beklagt:
„Ich kann doch so stöhnen
mit furchtbaren Tönen,
kann laut und hell juchzen,
kann bitterlich schluchzen,
kann wimmern und weinen,
kann jammern und greinen...
Doch will ich wen necken
und jemand erschrecken,
dann lacht der mir ins Gesicht:
„Gespenster, die gibt es doch nicht!"

„Du armes Gespenst!"
habe ich gesagt.
Da hat es sich gleich
noch weiter beklagt:
„Ich laß mich erwischen
in Fenstern und Nischen,
in dunkelsten Bergen,
in schwärzesten Särgen.
Auch sieht man mich kauern
auf Burgen und Mauern.
Doch will ich wen necken
und jemand erschrecken,
dann lacht der mir ins Gesicht:
„Gespenster, die gibt es doch nicht!"

Das kleine Gespenst
tat mir so leid.
Es war ja Nacht,
und ich hatte Zeit.
Es weinte so schmerzlich.
Da drückte ich es herzlich
und streichelte ihm lange
die eiskalte Wange
und kraulte dem Tröpfchen
das traurige Köpfchen.
Es kroch mit Gepolter
mir unter die Kolter.
Ich sagte „Ich glaube an dich!"
Da weint' es. So freute es sich.

Das Sonntagskind

Ein Kind war am Sonntag geboren. Darauf war es besonders stolz. Es erzählte allen Leuten: „Ich bin ein Sonntagskind! Kinder, die an einem Sonntag geboren wurden, sind ganz besondere Kinder. Sie hören das Gras wachsen. Sie können die Sprache der Tiere verstehen. Sie haben immer Glück!"
Die Geschwister des Kindes ärgerten sich manchmal und sagten: „Es ist auch nicht besser als wir, nur weil es an einem Sonntag geboren wurde!"
Einmal sagte die Mutter zu dem Kind: „Paß auf, daß die Milch nicht überkocht! Ich will in der Zeit die Treppe putzen!"
Das Sonntagskind nahm sich einen Stuhl und setzte sich neben den Herd.
Weil es ganz allein im Zimmer war, begann es zu träumen.
Da hörte es die Vögel singen und konnte jedes Wort verstehen.
Es spitzte die Lippen und pfiff. Da wurde es auch von den Vögeln verstanden.
Es erzählte den Vögeln in der Vogelsprache, daß es nicht zu ihnen hinaus kommen konnte.
Es sollte nämlich aufpassen, daß die Milch nicht überkocht.
Es erzählte auch den Vögeln, daß es ein richtiges Sonntagskind sei. Sonntagskinder können das Gras wachsen hören und die Sprache der Tiere verstehen.
Es erzählte und erzählte.
Plötzlich roch es ganz seltsam im Zimmer. Das Kind erschrak.
Es roch immer stärker. Da merkte das Kind, daß die Milch übergekocht war. Schnell stellte es die Kochplatte ab. Aber es war schon viel zu spät.
Das Sonntagskind konnte das Gras wachsen hören. Es konnte die Sprache der Tiere verstehen. Aber aufpassen, daß die Milch nicht überkocht, das konnte es nicht.

Eine seltsame Telefongeschichte

Sylvia war allein zu Hause und langweilte sich sehr. Als sie nicht mehr wußte, was sie noch anfangen konnte, beschloß sie, ihre Großmutter anzurufen.
Großmutter war lieb und konnte ihr bestimmt sagen, was man gegen Langeweile tun konnte. Die Großmutter wohnte in Hamburg. Das war weit. Und Sylvia kannte auch nicht die Telefonnummer von Großmutter. Aber Sylvia vertraute auf ihr Glück und wählte eine Nummer, die ihr gerade einfiel.
Zuerste tutete es ein bißchen. Aber dann meldete sich jemand.
„Hallo!" rief Sylvia. „Bist du es, Großmutter?"
„Von wegen Großmutter!" tönte es da aus dem Telefon. „Hier ist das Kasperle!"
Sylvia wußte vor Aufregung nicht, was sie sagen sollte.
„Hallo!" rief das Kasperle an dem anderen Ende der Leitung. „Wenn du mich schon anrufst, mußt du auch etwas sagen!"
„Bist du wirklich das Kasperle?" fragte Sylvia atemlos.
„Aber natürlich! Wer sollte ich denn sonst sein?"
Sylvia konnte es immer noch nicht glauben. „Und was machst du jetzt?" fragte sie.
„Ich backe Kuchen!" sagte das Kasperle. „Die Großmutter hat morgen Geburtstag. Da wollen viele Freunde kommen: die Gretel, der Seppel und sogar der Räuber Hotzenplotz!"
„Oh, da hast du aber viel Arbeit!" meinte Sylvia. „Kann ich dir beim Kuchenbacken helfen?"
„Ich bin bald fertig!" lachte das Kasperle. „Zuerst habe ich einen Pflaumenkuchen gebakken, dann einen Käsekuchen, dann eine Kirschtorte, und jetzt muß ich nur noch die Buttercremetorte verzieren!"
„Schade", sagte Sylvia leise, „mir ist es so langweilig. Ich hätte dir so gern geholfen!"
„Rühre doch einen Pudding an!" schlug das Kasperle vor. „Bestimmt wird sich deine Mutti freuen, wenn sie einen Überraschungspudding von dir bekommt!"
„Danke, Kasperle! Das ist eine gute Idee!" rief Sylvia begeistert. Dann legte sie schnell den Telefonhörer auf die Gabel und suchte in dem Küchenschrank nach dem Puddingpulver.
Sie schaffte es wirklich, den Pudding anzurühren. Als sie ihn später ihren Eltern servierte, riefen beide: „Das ist wirklich ein Überraschungspudding! Das hast du gut gemacht!"
Sylvia lief gleich zum Telefon und wollte sich bei dem Kasperle für seinen guten Vorschlag bedanken. Aber so viel sie auch probierte, sie konnte das Kasperle nicht erreichen. Der Vater schaute im Telefonbuch nach und rief schließlich, weil Sylvia so sehr drängte, sogar die Auskunft an.
Doch die Telefonnummer vom Kasperle war niemand bekannt. „Vielleicht ist es eine Geheimnummer!" meinte die Dame bei der Auskunft. „Da können wir Ihnen leider nicht weiterhelfen. Und überhaupt, gibt es das Kasperle denn wirklich? Das ist doch nur eine Handpuppe!"
„Schade!" sagte Sylvia. Als sie aber am nächsten Tag im Kinderfernsehen die Kasperstunde anschaute, da war es ihr doch so, als würde das Kasperle ihr heimlich zublinzeln.
Und dann sagte das Kasperle: „Ich hoffe, daß der Sylvia und ihren Eltern der Überraschungspudding geschmeckt hat!"
„Das ist eine seltsame Geschichte!" sagte der Vater und kratzte sich am Kopf.

Der Traumfreund

Hans kann nicht laufen wie andere Kinder. Seine Beine sind viel zu schwach. Am Tag muß er im Rollstuhl sitzen. Aber jede Nacht, wenn Hans eingeschlafen ist, kommt sein Traumfreund zu ihm. Das ist ein starker junger Mann. Er sagt freundlich: „Hallo, Hans!" Und Hans sagt: „Hallo, starker Freund!" „Steige auf meinen Rücken und halte dich gut fest!" sagt der Traumfreund. Dann fliegt er mit Hans durch das offene Fenster in die Nacht hinaus. Zuerst geht es über die Dächer der Stadt, dann einmal um den alten Kirchturm herum. Und danach fliegt Hans mit seinem Traumfreund weit über das Land. Sie besuchen den alten Uhu im Wald. Dann fliegen sie zu dem alten Leuchtturm am Meer und schauen den Schiffen zu, die vorbeifahren. Sie fliegen zu den Fröschen im Teich und hören zu, wenn die Frösche ihr Lied anstimmen. Sie besuchen die kleine unscheinbare Nachtigall und lassen sich von ihrem Gesang verzaubern.

Dann fliegen sie zu dem Märchenschloß. Dort trifft Hans alle, die er aus den Märchen kennt: Schneewittchen und Frau Holle; Hänsel und Gretel und die Hexe, die gar nicht mehr böse ist; den gestiefelten Kater und das tapfere Schneiderlein; Hans im Glück und die Bremer Stadtmusikanten, Rumpelstilzchen und Dornröschen. Sie feiern ein großes Fest. Hans darf mit Schneewittchen und Dornröschen tanzen. Und dann tanzt der Traumfreund mit Dornröschen, denn er ist eigentlich ein Märchenprinz. Hans spielt am liebsten mit dem Küchenjungen. Es ist der Junge, der früher einmal in Dornröschens Schloß gearbeitet hat. Immer wenn er das Märchen hörte, hatte Hans Mitleid mit dem Küchenjungen. Deshalb sagt er immer wieder zu ihm: „War das nicht schlimm? Du wachst aus dem Zauberschlaf auf, reibst dir die Augen und zack, kriegst du eine Ohrfeige!" Doch der Küchenjunge lacht und sagte: „Das ist doch schon so lange vorbei!" Der Küchenjunge ist ein richtiger Lausbub. Er kennt viele Streiche. Und Hans ist immer dabei.

Später kommt der Traumfreund und sagt: „Hans, wir müssen nach Hause! Bald beginnt der neue Tag!"

Da steigt Hans wieder auf seinen Rücken. Er winkt allen im Märchenschloß zum Abschied zu und fliegt mit dem Traumfreund über das Meer und über den Wald wieder heim. Am Morgen wacht Hans gut gelaunt auf.

Aber einmal schließt die Mutter am Abend das Fenster.

„Bitte, laß es offenstehen!" bettelt Hans und denkt an seinen Traumfreund.

„Es ist Winter geworden!" sagt die Mutter. „Da wird es nachts zu kalt!"

Natürlich hat die Mutter recht. Hans ist sehr traurig. Aber es bleibt ihm wohl nichts anderes übrig, als auf den nächsten Frühling zu warten. In der Nacht klopft der Traumfreund ans Fenster. Traurig winkt Hans ihm zu. Er kann ja nicht aufstehen und das Fenster öffnen. Da lächelt der Traumfreund und hebt die Hand. Hans staunt. Da öffnet sich das Fenster von ganz allein. „Hallo, Hans!" sagt sein Traumfreund.

„Steige auf meinen Rücken und halte dich gut fest!"

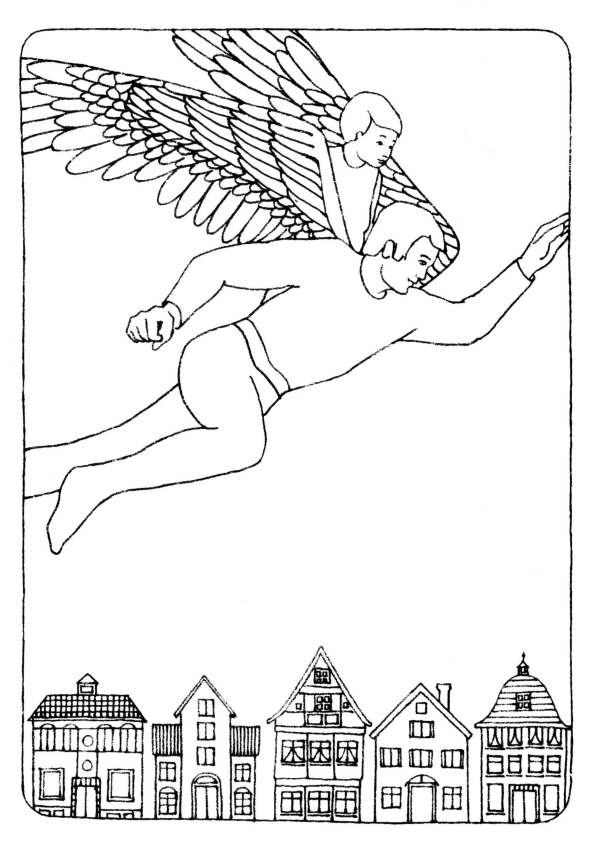

Wie der Wolf fischen lernte

Mitten im Winter sagte der Wolf zu dem Fuchs: „Ich habe Hunger. Wenn du mir kein Fressen herbeischaffst, fresse ich dich selber auf!"
„Ich weiß einen Teich!" antwortete der schlaue Fuchs. „Dort fische ich jeden Tag. Im Winter sind die Fische besonders fett. Ich werde immer satt!"
Da ließ sich der Wolf gleich zu dem Teich führen, um dort zu fischen.
„Es ist ganz einfach!" erklärte ihm der listige Fuchs. „Du brauchst nur deinen Schwanz in das Wasser zu halten. Die Fische beißen schnell an. Dann kannst du sie schnell herausholen. Aber du mußt warten, bis die Fische angebissen haben!"
„Du bist wirklich schlau!" meinte der Wolf. Er setzte sich ans Ufer und ließ seinen Schwanz in das Wasser hineinhängen.
„Jetzt müssen wir abwarten!" sagte der Fuchs und machte es sich neben dem Wolf gemütlich. Sie warteten den ganzen Abend und die Nacht hindurch.
Weil es aber sehr kalt wurde, fror der Teich nach und nach zu.
Ängstlich klagte der Wolf: „Es beißt an meinem Schwanz!"
„Das muß so sein!" sagte der Fuchs ruhig. „Die ersten Fische beißen schon an. Du mußt ganz stillhalten und warten!"
Nach einer Stunde war der Schwanz festgefroren.
Da jammerte der Wolf: „Es beißt und beißt!"
„Warte noch ein bißchen!" tröstete der Fuchs.
Doch der Wolf hatte genug. Er wollte den Schwanz mit einem Ruck aus dem Wasser herausziehen. Er freute sich so auf seine Fische. Doch so sehr er auch zog, der Schwanz war so festgefroren, daß er nicht loskam.
Als der Fuchs sah, daß der Wolf im Eis gefangen war, lief er zum Dorf und weckte die Bauern.
Sie kamen mit Prügeln und Stöcken hinter ihm her. Der Fuchs lief bis zu dem Wolf an den Teich. Als die Bauern den Wolf entdeckten, schlugen sie auf ihn ein.
Der Wolf zerrte an seinem Schwanz. Er riß immer stärker. Endlich war er frei und konnte davonlaufen. Doch ein Stück des Schwanzes blieb im Eis zurück.
Lange Zeit ging der Fuchs dem Wolf aus dem Wege.

Ein stiller Wunsch

Ich wollt, ich wär der Nikolaus.
Das wäre wunderschön!
Ich würde laut von Haus zu Haus
am Winterabend gehn.

Ich hätte einen großen Sack,
den trag' ich ganz allein.
Und alles böse Lumpenpack,
das steck' ich da hinein!

Zieht mich der Vater 'mal am Ohr,
und Mutter wird mich schlagen
(das kommt ja leider manchmal vor),
dann werd' ich gar nichts sagen.

Doch abends gegen sieben Uhr
komm ich, der Nikolaus.
Ich sage nichts. Ich brumme nur
und pack' die Rute aus.

Und wenn die besten Freunde gar
mit mir nicht spielen wollen,
dann krümm' ich ihnen nicht ein Haar.
Ich werd' nur leise grollen.

Doch abends gegen sieben Uhr
komm ich, der Nikolaus.
Ich sag mit tiefer Stimme nur:
„Paßt auf, Bernd, Kurt und Klaus!"

Doch hat da etwa Angst ein Kind
vor mir, dem Nikolaus,
zieh ich den Mantel aus geschwind
und seh' wie immer aus.

Vom Kopf nehm' ich die Mütze dann.
So werde ich es machen.
Dann kommt zum Schluß der Bart noch dran,
und alle werden lachen.

Ich möcht' so gern von Haus zu Haus
am Winterabend gehn.
Ich wollt', ich wär' der Nikolaus.
Das wäre wunderschön!

Rosel und die Geburtstagsblumen

Die kleine Rosel war sehr traurig, weil sie ihrer Mutter nichts zum Geburtstag schenken konnte. Rosel war gelähmt. Sie konnte mit ihren Händen kein Geschenk basteln. Und weil es Winter war, konnte sie auch keine Blumen schenken.
Als sie im Bett lag und schlafen wollte, weinte sie ein bißchen.
Da träumte sie, daß eine Fee an ihr Bett trat.
Die Fee sagte: „Du wirst deiner Mutter morgen die schönsten Blumen schenken, die es im Winter gibt!"
Rosel konnte es nicht glauben.
Doch als sie am nächsten Tag erwachte, schaute sie erstaunt zum Fenster.
Es war so kalt gewesen, daß die Fensterscheiben zugefroren waren.
Voller Staunen sah Rosel die schönsten Eisblumen an den Fensterscheiben.
„Mutti, komm ganz schnell!" rief sie glücklich.
Und als die Mutter herbeikam, gratulierte sie ihr und zeigte ihr die Eisblumen an der Fensterscheibe.
„Das sind die schönsten Geburtstagsblumen, die ich je bekommen habe!" sagte die Mutter und drückte Rosel ganz fest an sich.

Die Puppe ohne Haare

Martina hatte die Puppe in dem Katalog des Versandhauses entdeckt. Eine Puppe mit langen braunen Haaren, mit blauen Augen und einem roten Kleid. Diese Puppe wünschte sich Martina zu Weihnachten. Diese Puppe und keine andere.
Allen Leuten erzählte sie: „Ich habe mir eine wunderschöne Puppe zu Weihnachten gewünscht!" Oft holte sie sich den Katalog herbei und betrachtete die Puppe ganz genau. Martina konnte Weihnachten kaum erwarten.
Die Eltern hatten ein großes Paket bei dem Versandhaus bestellt. Weihnachten rückte immer näher heran, aber das Paket war noch nicht angekommen. „Hoffentlich kommt es noch rechtzeitig!" sagte der Vater. „Martina wartet doch schon so sehr auf ihre Puppe!"
Einen Tag vor dem Heiligen Abend kam endlich das Paket an. Am Abend, als die Kinder im Bett lagen, packten die Eltern das Paket auf.
Als sie aber die Puppe aus ihrer Verpackung herausholten, erschraken sie. Die Puppe hatte keine Haare.
Als die Puppe hergestellt worden war, waren die Haare vergessen worden. Jetzt war es eine Puppe mit einer richtigen Glatze.
„Wir tauschen die Puppe um!" sagte die Mutter.
„Und Martina?" fragte der Vater. „Sie wartet doch schon so sehr auf die Puppe!"
„Wir müssen ihr erzählen, was passiert ist!" meinte die Mutter. Und gleich nach Weihnachten schicken wir die Puppe zurück!"
Am Heiligen Abend suchte Martina unter dem Weihnachtsbaum, auf dem Tisch, hinter dem Sessel, überall. Als sie nirgends die Puppe entdecken konnte, fragte sie ihre Eltern danach.
„Ich habe sie mir doch so sehr gewünscht!" sagte Martina und schaute ihre Mutter traurig an.
Da erzählte ihr die Mutter, daß die Puppe umgetauscht werden sollte, weil sie keine Haare hatte. Doch Martina wollte die Puppe ohne Haare unbedingt sehen. So holte der Vater die Puppe herbei. Martina hob sie vorsichtig aus der Schachtel und strich ganz behutsam über das kahle Puppenköpfchen.
„Arme Puppe!" sagte sie. „Ich muß dir sofort ein Mützchen häkeln, damit du nicht am Kopf frierst!"
Alle übrigen Weihnachtsgeschenke waren vergessen. Am Heiligen Abend häkelte Martina ein Mützchen für die Puppe. Sie nahm die Puppe mit ins Bett. Es wurde ihre Lieblingspuppe. Vielleicht gerade deshalb, weil sie keine Haare hatte.
So wurde die Puppe niemals zurückgeschickt. Und das Versandhaus hat nie erfahren, daß einmal eine Puppe ohne Haare verschickt wurde.

Das vergessene Weihnachtslicht

Am Heiligen Abend wurden die Kerzen am Weihnachtsbaum angezündet. Der Vater spielte Klavier. Die Mutter spielte Gitarre. Und die Kinder sangen Weihnachtslieder. Unter dem Weihnachtsbaum lagen die Weihnachtsgeschenke.

Die Kinder freuten sich über die Geschenke. Aber sie schauten immer wieder zu dem Weihnachtsbaum und hatten ihre Freude an den Kerzen und den bunten Kugeln. Das ganze Zimmer roch nach Weihnachten.

Am Abend des ersten Weihnachtstages wurden die Kerzen wieder angezündet. Und am Abend des zweiten Weihnachtstages auch. Dann waren die Kerzen heruntergebrannt.

Nach Weihnachten sollte der Weihnachtsbaum aus dem Zimmer heraus. Die Kinder halfen der Mutter. Sie holten die bunten Kugeln vom Baum herunter und verpackten sie sorgfältig in einer Schachtel. Als Jens aber ganz hinten am Baum eine Kugel abhängen wollte, entdeckte er noch eine Weihnachtskerze. Sie war so im Baum versteckt, daß sie am Heiligen Abend vergessen worden war. So hatte sie nicht ein einziges Mal leuchten dürfen.

„Wir heben sie für das nächste Jahr auf!" sagte die Mutter.

Aber damit waren Jens und Sabine nicht einverstanden. Sie meinten: „Wir können doch heute abend noch einmal die Kerze am Weihnachtsbaum anzünden!"

Zuerst wollte die Mutter nicht. Doch die Kinder bettelten so lange, bis sie endlich zustimmte. Als der Vater später von der Arbeit nach Hause kam, konnten ihn die Kinder auch überreden.

So zündeten sie am Abend das vergessene Weihnachtslicht an. Der Vater spielte auf dem Klavier. Die Mutter spielte Gitarre. Und die Kinder sangen noch einmal alle Weihnachtslieder, die sie kannten.

Die Mutter stellte noch ein Stück Weihnachtsstollen auf den Tisch. Sie fand auch noch ein paar Plätzchen und Nüsse, die von Weihnachten übrig geblieben waren.

Die Kinder konnten sich an dem Weihnachtsbaum nicht sattsehen. Er sah ganz anders aus als am Heiligen Abend. Die eine Kerze verwandelte ihn. Das ganze Zimmer war verzaubert.

„Eigentlich ist es jetzt fast noch schöner als am Heiligen Abend." meinte Jens.

Sie saßen lange vor dem Baum. Sie sangen Lieder. Vater erzählte eine Geschichte. Und Mutter sang ein altes Weihnachtslied, das die Kinder noch nicht kannten.

Sie saßen solange vor dem Baum, bis das vergessene Weihnachtslicht ganz niedergebrannt war.

Rolf Krenzer wurde 1936 in Dillenburg geboren und ist jetzt dort Rektor der Otfried-Preußler-Schule. Er ist Autor und Herausgeber zahlreicher pädagogischer und religionspädagogischer Bücher, einiger Vorlesebücher und Spielliedersammlungen, mehrerer Schallplatten und Musikcassetten und einiger pädagogischer Standardwerke. Im Rehabilitationsverlag Bonn-Bad Godesberg gibt er die Kinderzeitschrift in einfacher Sprache „Columbus" heraus. Seine bekanntesten Bücher sind „Spiele mit behinderten Kindern" (Kemper Verlag, Staufen/Breisgau), „Spieltherapeutisches Märchenbuch in einfacher Sprache" (Rehabilitationsverlag Bonn-Bad Godesberg), „Der kleine Lehrer" (Georg Bitter Verlag, Recklinghausen) „Frieder und Fridolin" (Blaukreuz-Verlag, Bern), „Spieltherapeutische Liederfibel" (Rehabilitationsverlag, Bonn-Bad Godesberg) und die große Kindergedichtssammlung „Heute scheint die Sonne" (Georg Bitter Verlag, Recklinghausen).

Renate Baars wurde 1940 in Erfurt geboren und studierte an der Werkkunstschule Wuppertal. Lange Zeit hat sie Illustrationen für das Göttinger Tageblatt und andere Zeitungen gestaltet und war als Kunsterzieherin tätig. Zur Zeit bereitet sie als technisch-didaktische Assistentin grafische Arbeiten, Fernsehaufnahmen usw. für die Universitätsklinik in Göttingen vor. Für die im Rehabilitationsverlag, Bonn-Bad Godesberg, erscheinende Kinderzeitschrift in einfacher Sprache „Columbus" steuert sie viele Zeichnungen bei. Die „Zweiundfünfzig Sonntagsgeschichten" sind ihr erstes Kinderbuch, das sie grafisch gestaltet. Zu den Versen von Kristofer Oranien zeichnete sie den großen Till-Eulenspiegel-Comic (Rehabilitationsverlag, Bonn-Bad Godesberg).